OCÉAN PACIFIQUE

HUBERT MINGARELLI

OCÉAN PACIFIQUE

nouvelles

ÉDITIONS DU SEUIL
*27, rue Jacob, Paris VIe*

La nouvelle intitulée « Giovanni »
a fait l'objet d'une première publication, hors commerce,
sous le titre « Sur la mer », par le groupement des librairies Initiales

ISBN 1re PUBLICATION « GIOVANNI » 2-02-063961-0

ISBN 2-02-082703-4

www.seuil.com

Océan Pacifique

Moriaty se trouvait sur l'aileron de tribord, à trois ou quatre mètres de moi. J'étais à l'intérieur, dans la passerelle. J'avais les écouteurs de la radio sur les oreilles, mais ça ne m'empêchait pas d'entendre les consignes dans le haut-parleur. La porte de la cloison était ouverte entre la passerelle et l'aileron. Moriaty et moi nous nous regardions quand le compte à rebours a commencé. À moins dix secondes, nous avons reçu l'ordre de mettre nos masques, de nous retourner tous vers bâbord, et de mettre un bras devant nos yeux. Moriaty et moi nous sommes fait un signe, pour nous dire à tout à l'heure, à dans deux ou trois minutes. Ensuite il a enfilé son masque et s'est baissé derrière l'aileron, à l'abri du large. À mon tour, j'ai enfilé mon masque, je me suis retourné et j'ai mis un bras devant les yeux. Le compte à rebours a fini, le haut-parleur est resté silencieux, et le souffle de l'explosion a traversé la passerelle quelques secondes après. L'air s'est mis à vibrer, et une sorte de vent chaud est passé très vite sur nous. Tout a continué à être silencieux ensuite. Puis on nous a dit dans le haut-parleur d'ôter nos masques et de reprendre la manœuvre pour ceux qui étaient de quart.

Moriaty s'était redressé, il était debout à présent. Je le voyais de dos, son masque à la main, et il regardait vers le large. Tout le monde sur la passerelle et sur l'aileron regardait vers le large, personne ne parlait. Le grand nuage atomique montait dans le ciel en roulant sur lui-même. Personne ne parlait parce que c'était le premier que chacun, à bord, voyait de toute sa vie. Il m'a fait penser à un château d'eau dont l'eau grise et rouge se serait mise d'un seul coup à bouillir, et à monter dans le ciel sans pouvoir s'arrêter de monter. Je savais que ce n'était pas de l'eau qu'il contenait. J'ignorais dans le fond ce qu'il contenait. Mais je n'avais jamais vu quelque chose d'aussi haut que ça. Moriaty ne bougeait pas. Il était toujours debout, son masque à la main, le regard tourné vers le large. J'aurais aimé aller le rejoindre dehors pour qu'on regarde ça ensemble, mais j'étais de quart et je n'avais pas le droit de quitter la passerelle.

Jusqu'à ce que l'officier en second donne un nouveau cap au barreur, on aurait dit que l'explosion avait rendu l'air insonore. Le monde n'avait pas changé depuis que le nuage montait en roulant sur lui-même dans le ciel, mais il était devenu silencieux. Le barreur a répété le cap donné par l'officier en second. Nous avons commencé à virer sur bâbord en prenant de la gîte, et le nuage s'est lentement mis à bouger sur l'horizon, à s'éloigner vers l'arrière.

C'est à ce moment que Moriaty a quitté le large des yeux et s'est retourné. Je m'attendais à ce qu'il dirige son regard vers moi, mais il ne regardait vers aucun point particulier. Il s'était adossé à la paroi de l'aileron et son visage exprimait une intense stupéfaction.

Je l'ai appelé, mais l'officier en second m'a ordonné de me taire pendant la manœuvre. Je l'ai appelé plus bas, mais trop bas pour qu'il m'entende. J'ai posé les écouteurs et je me suis levé afin d'aller le voir dehors sur l'aileron. Mais l'officier m'a vu et m'a demandé ce que j'étais en train de faire. Je lui ai dit que je faisais rien, et je me suis remis derrière la radio. Moriaty nous avait sans doute entendus, car il me regardait. Je lui ai fait signe des yeux et des mains, je lui ai demandé muettement comment ça allait, mais il ne m'a pas répondu. Enfin, si, il a entrouvert la bouche et il m'a souri étrangement, comme s'il souriait à quelqu'un derrière moi. Son visage exprimait maintenant quelque chose de plus que la stupéfaction, mais je ne savais pas ce que c'était exactement. Je connaissais presque toutes les expressions de Moriaty, mais celle-ci était nouvelle et étrange, et douloureuse pour moi, car je voyais bien qu'il ne me la destinait pas. Je veux dire que j'étais hors de ce qu'il ressentait à cet instant-là. Que je sois là ou pas semblait n'avoir, pour lui, aucune importance. Derrière lui tout était bleu, le ciel était d'un bleu intense, et vide, car le nuage maintenant avait viré sur notre arrière et disparu de l'horizon.

Le soir, nous avons franchi les passes de l'atoll et sommes rentrés dans les eaux du lagon. Nous avons accosté à notre ponton, et un ravitailleur est venu s'amarrer à couple. L'officier de navigation a annoncé la fin de la manœuvre et du quart. Au moment où je quittais les écouteurs, Da Maggio est monté à la passerelle pour me dire qu'il se trouvait sur le pont principal quand elle avait explosé, et qu'il avait tout pris en photo comme jamais. Puis il m'a demandé où était Moriaty, sans doute pour lui dire la même chose qu'à moi, ce dont Moriaty se foutrait totalement, encore bien plus que moi. Mais, de toute façon, je ne savais pas où était Moriaty. J'ai dit à Da Maggio de le laisser tranquille pour le moment, que j'ignorais où il était et qu'il était inutile de le chercher. Il m'a demandé pourquoi, et je lui ai répondu j'en sais rien. Il est reparti, et je suis allé dehors, à l'endroit où était Moriaty tout à l'heure. Le ravitailleur finissait de se mettre à couple avec nous. Les gars du pont, ceux du ravitailleur et les nôtres, ajustaient les défenses entre les deux coques et retendaient les amarres, tandis que la nuit tombait sur l'océan.

Le lendemain, Moriaty, Da Maggio et moi n'étions pas de service. Da Maggio était déjà à terre et il nous attendait. Moriaty a descendu l'échelle de coupée derrière moi, il a posé le sac sur le ponton, et il a regardé le matelot de service à la coupée, en haut sur le pont, plissant des yeux vers lui comme s'il lui en voulait ou alors qu'il cherchait à le reconnaître. L'autre en haut ne le voyait pas. Peut-être Moriaty lui en voulait-il pour une raison ou une autre. Ou bien c'était le bateau en entier qu'il considérait ainsi, en plissant des yeux.

J'ai pris le sac et nous avons rejoint Da Maggio à la sortie du ponton. Da Maggio nous a dit qu'après tout pourquoi nous n'irions pas plutôt vers l'est. Pourtant nous en avions parlé la veille, et nous nous étions mis d'accord pour la pointe ouest, et voilà que Da Maggio avait changé d'avis.

En réalité, c'est Moriaty qui avait choisi d'aller vers l'ouest, et Da Maggio et moi avions été d'accord. Moi parce que ça m'était égal, et Da Maggio parce qu'il n'avait pas réfléchi aux distances. Sans doute venait-il de le faire, ce matin. De l'endroit où nous étions amarrés, la pointe est de l'atoll était la plus proche. Et c'est ce que voulait Da Maggio, à présent : avoir à marcher le moins possible, afin de se mettre à pêcher dans les passes avant midi.

L'atoll était une bande de corail mort et de sable dont la plus grande largeur devait faire dans les cinq cents mètres, et la plus mince, une cinquantaine. Il avait la forme d'un fer à cheval qui aurait fondu et se serait élargi ou rétréci suivant les endroits. Il était couvert parfois d'un genre d'herbe et d'un genre de palmier. Dans les passes, entre les deux pointes du fer à cheval, à la limite de l'océan et du lagon, l'eau faisait des remous et des tourbillons. Après avoir appareillé et remonté le lagon sur deux ou trois milles, on savait qu'on franchissait les passes. Même en fermant les yeux, on le savait. Mais c'est une façon de parler, car nous ouvrions grands les yeux pour voir les requins chasser. Les passes étaient réputées pour ça.

Notre idée, c'était d'aller pêcher dans ces passes, de faire cuire nos prises en gardant les têtes pour les appâts, et de lancer ensuite des lignes à requin. Da Maggio était un grand pêcheur de requins. Moriaty et moi étions des amateurs.

Moriaty avait ouvert le sac et commençait d'en sortir les effets de Da Maggio : son appareil photo, ses bières, ses boîtes de viande et ses biscuits de mer, et sa ligne à requin. Il lui a dit d'aller à l'est si ça lui chantait, parce que nous, nous allions aller à l'ouest comme il était convenu. Da Maggio se taisait, mais faisait des bruits avec sa bouche. Je dois parler de Da Maggio : c'était un très bon pêcheur de requins, l'un des meilleurs parmi ceux qui les pêchaient, à bord. Da Maggio devait peser le poids de Moriaty et moi réunis, et il prenait beaucoup de photographies. Il écrivait chaque semaine à ses parents en leur joignant les pellicules. Une quinzaine de jours après, ils les lui retournaient développées, tout en gardant un second tirage pour eux-mêmes, et dans leur lettre, ils le complimentaient pour la qualité des photographies. Il était leur fils unique, et ces photographies, c'était leur façon d'être ensemble. Chacun à bord inventait sa façon de rester avec quelqu'un. Je ne savais pas ce que les parents de Da Maggio allaient dire de la pellicule tout entière qu'il avait prise hier, depuis le pont principal, lorsqu'ils la verraient une fois développée. Je me les imaginais assis dans leur salon avec cette nouvelle série étalée sur la table. Sans doute n'oseraient-ils même pas se regarder l'un l'autre ensuite, et qu'au bout d'un moment sa mère se mettrait à sangloter, et son père alors ferait rapidement une pile de ces nouvelles photos et la retournerait à l'envers sur la table, afin de cacher la première. Ensuite il dirait à la mère de Da Maggio de ne pas avoir peur et d'avoir confiance, mais elle continuerait de sangloter. Je ne savais pas quel genre de compliment ils allaient trouver à lui écrire cette fois. Et qui, de son père ou de sa mère, allait s'y coller. Que ce soit l'un ou l'autre, la lettre serait la même, ça ne faisait aucun doute. Mais fais donc attention à toi, mon garçon, merci bien pour ces nouvelles photographies, mais ce sont les dernières de ce genre que tu dois prendre, promets-le-nous, mon garçon. Promets-nous, mon garçon, de te mettre à l'abri la prochaine fois, parce que cela nous a beaucoup effrayés et que nous t'aimons tellement, et nous préférons de loin quand tu photographies ton navire, les poissons volants, ou les requins que tu pêches. Nous aimons aussi beaucoup tous ces couchers de soleil. Quelle chance tu as d'en voir de si beaux. Ils sont réellement magnifiques, on ne s'imagine pas ici. Protège-toi bien, mon garçon, et nous t'embrassons tous les deux. Ils allaient probablement écrire ce genre de choses, dans leur style de parents aimants. C'est ce qu'ils lui écriraient, même si un requin gisant sur le pont, la gueule pleine de sang et en train de mourir, c'est triste à regarder, bien qu'on ait tout fait pour l'avoir. Mais les parents de Da Maggio sauraient mieux affronter la douleur de tous les requins du monde plutôt que cette nouvelle série de photographies, retournée à présent sur la table, à l'envers, tandis que sa mère ne cesse de sangloter.

Toutes les affaires de Da Maggio gisaient à terre comme des choses mortes et inutiles. Moriaty commençait de s'éloigner. Da Maggio me regardait, et puis regardait avec effarement Moriaty s'éloigner, comme si ses parents eux-mêmes venaient de l'abandonner, ou qu'ils venaient de lui écrire, ce qui revenait au même, qu'ils en avaient par-dessus la tête de ses photos à la con de poissons volants battant des ailes au-dessus de la houle. Pour l'amour du ciel, ils n'en voulaient plus, ils parvenaient à peine à les distinguer, ils n'étaient que des minuscules points gris sur le fond gris de l'océan. À ce moment, Da Maggio ressemblait à quelqu'un à qui tout venait tout d'un coup d'échapper. Je lui ai dit qu'il l'avait cherché. Puis je l'ai aidé à ramasser ses affaires et nous avons rattrapé Moriaty. Nous avons tout remis dans le sac, et je me suis proposé de le porter la première heure.

Le soleil n'était pas haut, mais il faisait déjà chaud. Le sac était lourd parce que nous avions pris une dizaine de boîtes de bière chacun. Nous marchions du côté du lagon, et nous entendions Da Maggio souffler et souffrir de la chaleur derrière nous. Je l'ai dit, il pesait le poids de Moriaty et le mien, et il suait constamment. Il ne parvenait pas à s'habituer au climat et ça le rendait malheureux, et lorsque à bord la climatisation tombait en panne, il l'était encore plus, car il ne trouvait nulle part de refuge. Je me suis retourné vers lui.

– Allez, viens, Da Maggio, avance, traîne pas derrière !

Il ne m'a pas répondu.

– Laisse-le, m'a dit Moriaty.

Nous avons continué à marcher, puis je me suis retourné à nouveau. Da Maggio était encore plus loin derrière.

– Tu veux une bière, Da Maggio ? lui ai-je lancé.

– Quoi !

– Une bière ! ai-je crié.

– Oui, j'en veux bien une, m'a-t-il répondu.

– Arrêtons-nous un moment, ai-je proposé à Moriaty.

Il ne m'a pas dit non, alors j'ai posé le sac. Lorsque Da Maggio nous a rejoints, je lui ai passé une bière, ainsi qu'à Moriaty, et j'en ai pris une aussi. Nous sommes restés accroupis autour du sac pour les boire. Moriaty n'était pas bavard, en fait il ne m'avait pas parlé du tout depuis que nous avions commencé à marcher, sauf lorsqu'il m'avait dit de laisser Da Maggio derrière nous. Il tournait le dos au lagon et regardait vers l'océan, à trois ou quatre cents mètres de là. Da Maggio venait de mettre une pellicule neuve dans son appareil, et quand il s'est levé et qu'il s'est reculé pour nous photographier, Moriaty et moi, Moriaty a dit :

– Arrête de nous emmerder avec ça, Da Maggio !

– Je veux que mes parents connaissent mes amis.

– On se fout que tes parents nous connaissent, a murmuré Moriaty.

Da Maggio ne l'avait pas entendu.

– Oui, vas-y Da Maggio, c'est bon, ai-je dit.

Da Maggio nous a pris en photo, et ensuite il a voulu prendre notre bateau, amarré au loin, au ponton, mais le ravitailleur amarré à couple avec nous le masquait en partie. Da Maggio a regardé autour de lui à la recherche d'un autre sujet, mais il n'en a pas trouvé. J'ai posé ma boîte de bière et je me suis levé.

– Attends, Da Maggio, je vais te prendre. Passe-le-moi !

Il m'a tendu son appareil et il est allé s'accroupir à côté de Moriaty. Et à ça, je ne m'y attendais pas. Je pensais le photographier lui tout seul. Je les ai pris tous les deux, mais Moriaty a baissé la tête juste avant que j'appuie sur le bouton. Da Maggio n'était pas l'ami de Moriaty, mais il l'ignorait.

Nous avons fini nos bières, tandis que Da Maggio, entre deux gorgées, pointait son appareil dans tous les sens en faisant le point. Nous avons lancé les boîtes vides dans le lagon et nous sommes repartis. Moriaty a obligé Da Maggio à marcher devant nous. Le soleil et la chaleur montaient, et le sable et l'eau du lagon renvoyaient les rayons brûlants.

Moriaty m'avait appris beaucoup de choses parce qu'il avait embarqué bien avant moi, et parce qu'il était Moriaty. Très vite j'ai su comment accrocher un appât à l'hameçon. J'ai su comment prendre un relèvement correctement sur le compas de navigation, et estimer la hauteur de la houle en faisant bien la différence avec la hauteur des vagues. Il m'avait aussi appris comment mépriser les officiers et le commandant, et leur mentir, sans s'attirer d'embêtements. Vous voyez, tout un tas de choses différentes et utiles, des choses bien visibles et concrètes qui m'aidaient à vivre à bord. Mais il m'avait aussi enseigné d'autres choses, invisibles celles-ci, plus difficile à expliquer.

Amarrés au ponton, un jour, à l'époque où Moriaty commençait de m'enseigner ces choses utiles et concrètes, Da Maggio et moi pêchions des rémoras. En réalité nous les cueillions tellement il était facile de les prendre. Nous lancions nos lignes et ils mordaient dans les secondes qui suivaient. Nous les ramenions sur le pont et les collions à la cloison, à la verticale. Ils tenaient tout seul grâce aux ventouses qu'ils possèdent sous le ventre. Nous en tapissions la cloison, et ça nous excitait beaucoup. Moriaty est passé à ce moment-là, il a considéré la douzaine de rémoras en train de crever collés à l'acier, et il a dit qu'il nous plaignait.

Mais c'est moi uniquement qu'il plaignait, je le savais. Je savais qu'il venait de me dire : alors ainsi, tu deviens comme la plupart à bord, toi aussi tu abandonnes. Je n'aurais jamais pensé que tu abandonnerais si vite. Et pendant quelque temps par la suite, je l'ai évité, et il m'a laissé l'éviter, nous avons continué notre vie à bord presque sans nous voir. Puis nous avons appareillé quelques jours après et, une nuit pendant le quart, Moriaty est venu veiller avec moi sur l'aileron et nous sommes restés accoudés à l'aileron, silencieux, les yeux posés sur l'horizon, où il n'y avait rien à voir, sauf parfois un oiseau de mer, ou le haut d'une vague qui devenait phosphorescent. J'étais tendu, et j'étais triste, car ces choses invisibles, il me les avait souvent enseignées pendant nos quarts de nuit, ici, dehors, adossés à l'aileron, et tandis que nous parlions, nous nous sentions toujours vivants et uniques.

Mais cette nuit nous ne parlions pas, toujours à cause des rémoras. Le vent de la nuit nous tenait éveillés. L'obscurité n'était pas complète. L'obscurité en mer n'était jamais la même qu'à terre, elle n'était jamais entière comme elle pouvait l'être à terre. Parfois Moriaty m'observait, et il me semblait alors qu'il avait cessé de me plaindre. Ma relève est arrivée avant la sienne, et lorsque j'ai quitté l'aileron, un peu avant quatre heures du matin, il m'a souhaité bonne nuit. Je lui ai souhaité une bonne nuit aussi, et je suis descendu me coucher, heureux que nous nous soyons souhaité une bonne nuit. J'étais sûr à présent que nous allions reprendre notre vie comme avant.

Moriaty m'avait enseigné des choses visibles et concrètes, pour m'aider à vivre à bord, et ces choses invisibles aussi. Celle dont je me souviens le mieux tient dans une histoire qu'il m'a racontée pendant l'un de nos quarts de nuit, adossés l'un à l'autre pour nous protéger du vent. Si je dis qu'elle est invisible, c'est parce que je ne sais pas comment l'exprimer autrement.

Il avait une douzaine d'années à l'époque de cette histoire. Il habitait une région de collines, couvertes de forêts de mélèzes et de pins. Entre les collines coulait une rivière assez large et dont l'eau était froide comme si elle provenait tout droit des montagnes et de la fonte des neiges. Il avait d'abord passé toute la soirée à découper des lettres dans un journal. Puis il les avait collées sur une feuille de papier afin de former des mots, puis une phrase entière. Il avait plié la feuille et l'avait mise dans une boîte de conserve. Le lendemain il est parti vers la rivière avec la boîte de conserve. Il a longé la berge jusqu'à ce qu'il tombe sur un point reconnaissable : c'était un pin qui penchait au-dessus de l'eau. Il a caché la boîte de conserve au pied du pin, sous des plants de sauge, puis il a continué très longtemps à remonter la rivière jusqu'à un pont en amont. Il l'a traversé et est reparti sur ses pas, il a redescendu la rivière sur la rive opposée.

Lorsque de loin il a fini par apercevoir le pin qui

penchait sur l'eau, il a fait mine de s'étonner, de se dire comme c'est étrange ce pin qui penche au-dessus de la rivière. Ça vaudrait peut-être la peine d'aller le voir de près, s'est-il dit ensuite. Peut-être oui, mais seulement, il faudrait un sacré courage pour y aller, regarde un peu la largeur de cette rivière, alors oublie ça. Oui mais pourquoi je n'aurais pas ce courage-là ? Et ce serait sûrement intéressant d'aller explorer là-bas. Mais réfléchis une seconde, est-ce que ça vaut la peine d'aller se noyer pour un pin qui penche au-dessus de la rivière ? Non, à moins d'avoir un sacré courage, et un tel courage, la plupart des gens sont loin de le posséder. Voilà ce qu'il faisait mine de se raconter, comme il l'avait prévu et préparé depuis la veille, mais il avait du mal à le faire avec détachement, parce que dans le fond, il avait très peur, et il commençait maintenant à regretter son idée. Il s'est assis sur la berge, et pendant de longues minutes il a contemplé le pin qui penchait au-dessus de l'eau, de l'autre côté de la rivière.

Il est resté longtemps à ne rien faire que ça. Ça l'a calmé un peu, et finalement sa peur a été moins grande. Il s'est déshabillé et il est entré dans l'eau en portant ses vêtements et ses chaussures au-dessus de sa tête. L'eau était glacée. Elle lui est vite arrivée au-dessus de la taille, et, au milieu de la rivière, il a dû se retourner pour faire face au courant et ne pas être emporté. À ce moment-là, il a regretté amèrement et pour de bon son idée qui l'obligeait à avancer de côté, lentement, terriblement aux aguets, les muscles de ses jambes tendus par l'effort et le froid de l'eau. Et c'est là, à peu près à mi-distance entre les deux berges que son cœur s'était brisé, pendant un très court instant, à peine le temps d'une seconde. Il s'était brisé non pas à cause du danger qui le cernait, mais par la soudaine et brève conscience de lui-même, ne croyant plus, en cet instant, ni en lui ni aux histoires que l'on construit. Comme si, pendant cette brève seconde, il avait vu s'allumer en lui une lumière crue, et senti la fin de quelque chose.

Il avait continué d'avancer. Son instinct le lui commandait. Lorsqu'il avait atteint la berge, il avait commencé par pleurer de tout son cœur avant de reprendre l'histoire qu'il avait construite. Puis, après que sa peur s'en fut un peu allée, il s'était rhabillé et mis à explorer cette berge, à étudier de plus près le pin qui penchait au-dessus de l'eau, et à faire mine de se demander pourquoi il penchait. Son pied avait soudain heurté quelque chose de dur au pied du pin, entre des sauges. Il avait écarté les sauges et trouvé une boîte de conserve, fermée par un couvercle en plastique. Il avait ôté le couvercle, et découvert dans la boîte, une feuille de papier pliée en quatre, qu'il avait dépliée, et où il était écrit que celui qui aurait eu le courage de traverser la rivière ici, mériterait d'avoir une belle vie. Il s'était retourné pour regarder derrière lui, et il avait vu l'eau noire et glacée. Il avait mesuré la largeur de la rivière, et en avait sondé la profondeur au milieu. Il s'était efforcé de ne plus penser à l'instant où son cœur s'était brisé, et il s'était dit que le message disait la vérité.

Moriaty avait terminé de raconter cette histoire. Nous restions adossés à la paroi de l'aileron, l'un contre l'autre pour nous protéger du vent. Le vent soufflait fort cette nuit-là. Il n'y avait pas d'étoiles et l'océan était gris.

– Tu vois ? m'a-t-il dit au bout d'un moment.

– Oui, je vois, lui ai-je dit.

Je l'ai senti bouger la tête.

– Mon Dieu, ce que l'eau était froide !

– Qu'est-ce que tu as fait de la boîte ? lui ai-je demandé.

– J'ai remis la feuille dedans, et je l'ai cachée sous le pin dans les sauges.

– Elle doit y être encore, alors.

– Oui, je suppose qu'elle y est encore, m'a-t-il dit. J'aimerais bien qu'elle y soit encore.

– Faudrait pas que quelqu'un la trouve et lise le message sans avoir d'abord traversé la rivière. Il aurait droit à une belle vie sans s'être mouillé.

– Non, c'était bien écrit qu'il fallait d'abord traverser la rivière.

Après quoi nous étions restés presque une demi-heure sans parler. À peine si nous entendions l'eau courir le long de la coque en dessous de nous. Le roulis nous berçait doucement parce que la houle était longue. C'était une de ces nuits où nous nous sentions vivants et uniques, nous abritant du vent comme on pouvait, dans cette demi-obscurité de la nuit en mer. La capuche de nos blousons était rabattue sur nos oreilles, elle nous isolait de ce qui se disait à l'intérieur de la passerelle, et atténuait les sons entre nous. En sorte que j'avais écouté l'histoire de la rivière comme à travers un sac de couchage que j'aurais rabattu sur ma tête.

Il m'avait fait confiance en me racontant cette histoire, et je crois que c'est cette confiance qu'il m'enseignait, mais sans avoir conscience de me l'enseigner, sans le chercher. Oui, un genre de confiance ou quelque chose d'approchant, d'invisible en tout cas, que je n'arrive toujours pas à exprimer autrement.

Da Maggio s'était à nouveau laissé distancer. Il avait recommencé à traîner derrière nous. C'est Moriaty qui portait le sac maintenant. De temps en temps je me retournais et faisais signe à Da Maggio d'avancer. Il me renvoyait une grimace, elle signifiait qu'il faisait ce qu'il pouvait et qu'il ne pouvait pas aller plus vite. À mesure que nous avancions, il perdait du terrain, et lorsque je me retournais, je distinguais de moins en moins bien ses grimaces. Nous marchions toujours du côté du lagon, et parfois, lorsque l'atoll se resserrait, on entendait les vagues de l'océan tout près. On enjambait du bois flotté et je me demandais d'où il pouvait bien provenir. Nous avions projeté de faire un feu une fois arrivés à l'extrémité de l'atoll. Mais il était trop tôt pour ramasser ce bois flotté là, et se le porter pour rien, car s'il y en avait ici, il y en aurait probablement aussi plus loin. Da Maggio s'est mis à gueuler derrière nous :

– On pourrait commencer à appâter ici ! Hein, on pourrait commencer !

Il a dû penser que nous étions d'accord, car il s'est mis à courir pour nous rattraper, et lorsqu'il est arrivé à notre hauteur, il était à bout de force et couvert de sueur.

– Est-ce qu'on est dans les passes ? lui a demandé Moriaty, sans s'arrêter de marcher et sans le regarder.

– Non, Moriaty, on n'y est pas, lui a répondu Da Maggio, mais je voudrais qu'on s'arrête.

Da Maggio n'allait pas bien. Sa chemise d'uniforme était ouverte de haut en bas, et les pans collaient par la sueur sur sa poitrine et son ventre, et on aurait vraiment dit qu'il sortait de l'eau tellement il transpirait. Il souffrait deux fois plus que nous de la chaleur, et marcher lui demandait aussi deux fois plus d'effort qu'à nous. En sorte que j'ai fini par dire à Moriaty :

– Oui, on peut s'arrêter. D'accord, c'est pas encore le moment d'appâter, mais on va s'arrêter et se boire une bière.

Moriaty a fait encore quelques pas, puis il a posé le sac et s'est assis dans le sable, en faisant face au lagon. J'ai sorti les bières et Da Maggio nous a offert des cigarettes. Il ne s'en est pas pris pour lui, il était trop essoufflé pour s'en fumer une tout de suite. Mais la bière, il l'a bue très vite. Et sans rien dire, Moriaty lui en a tendu une autre boîte, et Da Maggio lui a dit merci en l'ouvrant, et il l'a bue presque aussi vite que la première.

– C'est vrai que tu nous emmerdes un peu, Da Maggio. Tu crois pas ? lui a dit Moriaty, mais pas sur un ton de reproche. Il avait même eu un air compréhensif, et ça m'a étonné.

– Laisse-moi me reposer un moment, a dit Da Maggio, et après je vous emmerde plus jusqu'aux passes. Je te promets, Moriaty, que je tiendrai le coup jusqu'aux passes.

– D'accord, Da Maggio, a dit Moriaty.

– C'est difficile pour moi, c'est cette chaleur.

– Fous-toi dans l'eau, Da Maggio, ça te refroidira, lui a dit Moriaty.

– Non, a répondu Da Maggio, j'aime pas du tout ça, aller dans l'eau.

Moriaty lui a demandé sans méchanceté, et ça a continué de m'étonner :

– Qu'est-ce que t'aimes, Da Maggio ?

– Partir pêcher les requins avec vous, mais pas être dans l'eau.

– Et boire de la bière ?

– Et boire de la bière avec vous, oui, a répondu Da Maggio.

– Bon, a dit Moriaty.

Da Maggio avait commencé à reprendre son souffle, et il s'allumait une cigarette à présent. Il avait fini sa deuxième bière et, la cigarette coincée entre les lèvres, il remplissait ses deux boîtes vides avec du sable. Il les a lancées dans le lagon et elles ont coulé tout de suite. Quand Moriaty lui a tendu une nouvelle bière, j'ai commencé à comprendre un peu ce qu'il voulait faire avec Da Maggio. Et ça m'a gêné, mais je dois l'avouer, pas beaucoup, suffisamment en tout cas pour proposer qu'on reparte, en disant qu'il était bientôt midi, mais ni Moriaty ni Da Maggio n'étaient d'accord. Bien entendu chacun pour une raison différente. Alors j'ai abandonné, j'ai laissé Moriaty faire ce qu'il voulait de Da Maggio. Je me suis levé et je suis allé faire un tour du côté de l'océan.

J'ai terminé ma cigarette là-bas, en regardant le large. Des cumulus blancs se formaient sur l'horizon à des milles de là. Mais, à part ces nuages, il n'y avait rien à voir que la ligne courbe et immense de l'horizon, et chaque fois que j'avais sous les yeux cette immense courbe vide, cela suscitait en moi tout le temps la même impression d'irréalité. J'étais là et l'horizon courbe était là-bas, voilà tout, et je ne ressentais rien en particulier. J'étais à des milliers de milles des endroits où j'avais vécu, et je ne me sentais ni heureux ni malheureux. Je ne me sentais pas non plus abandonné, car Moriaty n'était pas loin. Et pour dire la vérité, ça me gênait de moins en moins ce qu'il était en train de faire de Da Maggio.

Quand je suis revenu sur la rive du lagon, Da Maggio avait ôté sa chemise et se l'était nouée sur la tête. Il avait une boîte de bière à la main, et il acquiesçait en souriant, tandis que Moriaty terminait de lui raconter cet incident entre l'officier de navigation et le commandant, auquel Moriaty et moi avions assisté. Il avait éclaté à propos de la relève de quart que le commandant estimait trop longue, si longue qu'il l'avait chronométrée. Tandis que l'officier de navigation continuait de prétendre qu'elle se déroulait dans les temps, l'ayant personnellement déjà chronométrée, et tout ça avait fini par la défaite et l'humiliation de l'officier de navigation, et le fier et long silence du commandant. Moriaty et moi, dans un coin de la passerelle, n'en n'avions rien à en foutre de qui avait raison. On aurait même aimé que, par une espèce de miracle, ils aient tous les deux tort, et voir ainsi l'humiliation sur leur visage à tous les deux.

– J'aurais voulu être là, a dit Da Maggio.

Il commençait à être ivre. L'histoire de l'incident était terminée, mais il gardait un stupide sourire aux lèvres.

– Oui, t'aurais dû le voir, c'est dommage. Monte de temps en temps nous voir à la passerelle, lui a proposé Moriaty.

Puis il a levé les yeux vers moi.

– Hein qu'il devrait monter ?

Da Maggio ne m'a pas laissé répondre, il a dit qu'il monterait, et qu'il nous prendrait en photographie pendant que nous ferions semblant de regarder au loin dans les jumelles, et qu'ensuite il prendrait lui aussi les jumelles pour qu'on le photographie. L'alcool et la soudaine sollicitude de Moriaty envers lui le rendaient heureux. Il nous considérait tour à tour avec un regard amical et béat, sans la moindre espèce de soupçon.

Il y avait trois boîtes de bière vides entre ses jambes. Ajoutées aux deux autres, lestées de sable, qu'il avait lancées dans le lagon. Il en avait déjà une autre, pleine, dans les mains, et nous promettait de nous fabriquer à chacun une ligne à requin, une véritable et solide comme la sienne. Et alors on verrait ce qu'on verrait, disait-il, nous allions faire un malheur tous les trois ensemble. Il a voulu prendre son paquet de cigarettes dans sa poche, mais il n'y est pas parvenu. Moriaty a sorti le sien et lui en a offert une. Il la lui a allumée, et Da Maggio, soudain, n'est pas arrivé à coordonner sa main qui tenait la bière et l'autre qui tenait la cigarette.

Il s'est mis à grogner, puis sa tête est tombée brusquement sur sa poitrine. Il l'a relevée, mais elle n'a pas tenu, et sa chemise, qu'il avait nouée sur sa tête, lui est tombée devant les yeux. Il a perdu l'équilibre. Il a basculé sur le côté tout d'un coup et, en cherchant à se relever, il n'a fait que s'allonger sur le dos, et il n'a plus bougé. Il avait la bouche entrouverte et on voyait apparaître un bout de sa langue. Ses jambes étaient écartées et, entre elles, les boîtes de bière vides étaient toujours posées debout dans le sable. Il n'avait pas l'air de quelqu'un qui dort, mais de quelqu'un de tout à fait mort. Tous ceux qui s'enivraient à bord finissaient toujours par ressembler à ça. La première fois qu'on en voyait un, on croyait qu'il était mort. Et ceux qui s'occupaient de le ramener dans sa couchette avaient l'air de le conduire à son enterrement.

Moriaty s'était relevé et considérait Da Maggio sans triomphe, mais d'un air dur et implacable. Je n'étais pas meilleur que lui, meilleur que Moriaty je veux dire, et moi non plus je n'aimais pas beaucoup Da Maggio. J'éprouvais très peu de choses pour Da Maggio en temps normal, en tout cas jamais de compassion sincère, je m'en serais souvenu. Mais à cet instant-là, j'en éprouvais un peu.

Moriaty m'a demandé ce qu'on faisait de lui, si on

allait le mettre à l'ombre sous les palmiers, ou si on le laissait là, et que l'on cherchait quelque chose pour le protéger du soleil. J'ai proposé de le laisser là et de le couvrir avec des feuilles de palmier, parce que je n'avais pas envie de le porter. Tandis que je m'éloignais pour aller en ramasser, j'ai entendu Moriaty fouiller dans le sac. Il avait sorti l'appareil de Da Maggio, et avant que j'aie pu retourner en arrière pour l'en empêcher, il avait déjà pris Da Maggio en photo.

Ça n'avait rien d'une bonne blague, et Moriaty le savait, et je le savais. Les parents de Da Maggio n'avaient aucune expérience de la vie à bord, ils n'en connaissaient que ce que Da Maggio voulait bien leur dire. Leur vision des choses allait changer désormais. Et surtout, et même si ça ne durait que quelques secondes, ou même rien qu'une seconde, ils verraient bel et bien la photographie de leur fils mort. Bien sûr, très vite ensuite, la logique la contredirait, ils comprendraient en voyant toutes les boîtes de bière vides et en se souvenant de la lettre qui accompagnait la pellicule à développer. Mais l'espace d'un instant, si court soit-il, ils auraient la vision de leur fils mort, loin d'eux de l'autre côté de la terre, au milieu de l'océan. Elle s'inscrirait en eux, et plus jamais ils ne l'oublieraient.

– Pourquoi tu as fait ça, Moriaty ?

– J'ai rien fait que de dire la vérité, m'a-t-il répondu sans me regarder.

Moi je regardais Da Maggio, les jambes écartées, avec son air mort et effrayant.

– Merde, Moriaty, pourquoi tu as fait ça ?

– Combien crois-tu de centaines de mensonges il a déjà envoyés à ses parents ? m'a-t-il dit avec rage, et c'est à toutes ces photographies qu'il faisait allusion.

– Ce sont les siens, de mensonges, Moriaty, on n'a rien à voir là-dedans.

Moriaty rangeait l'appareil de Da Maggio dans le sac. Soudain je lui ai demandé ce qui lui faisait mal. Il m'a regardé. Il m'a dévisagé avec un air si triste et désemparé que j'ai baissé les yeux comme si ça allait pouvoir effacer ma question. Mais je n'y suis pas parvenu, et Moriaty ne m'a pas répondu la vérité.

– Il y a rien qui me fait mal. Mais j'en ai assez de ce pauvre con et de ses photographies. Ouais, ouais, voilà j'en ai assez.

– Viens, ai-je dit, allons ramasser des feuilles de palmier.

Midi avait passé lorsque Moriaty et moi avons atteint l'extrémité de l'atoll, lorsque nous sommes arrivés à l'endroit où nous avions projeté de pêcher. En réalité, ça n'était pas exactement l'extrémité géographique de l'atoll. Il restait encore deux ou trois cents mètres de terre ferme, une île en quelque sorte, car elle était détachée de l'atoll lui-même, et pour y accéder, il fallait traverser un canal d'eau calme et peu profonde qui reliait les eaux du lagon à celles de l'océan. Mais ça nous allait très bien ici, l'endroit nous convenait. Les navires amarrés aux pontons étaient si loin qu'on ne les voyait plus, et il y avait de vieilles feuilles de palmier tombées à terre, et du bois flotté en quantité, de quoi se faire et alimenter un bon feu.

Mais nous avons décidé de l'allumer seulement le soir venu, simplement pour le plaisir de faire un feu. Car nous avions trop faim pour attendre d'avoir pêché et cuit nos poissons. Nous avons mangé nos boîtes de viande et quelques biscuits de mer, et bu une bière chacun. Les autres boîtes, nous sommes allés les plonger dans l'eau de l'océan qui était plus fraîche que l'eau du lagon.

Nous sommes restés au bord de l'océan pendant un moment. Moriaty m'a demandé à combien de dizaines de milles à mon avis se trouvait l'horizon. Je n'en savais rien, et lui non plus. Mais ce dont il était certain, c'est que celui qui monterait sur les épaules de l'autre verrait plus loin d'au moins une vingtaine de milles que celui qui le porterait. Probablement avait-il raison dans le principe. J'en suis sûr, même. Mais tout ça était incalculable avec précision. Peut-être verrait-il plus loin de vingt milles, ou de dix, ou de cinq. Comment le savoir ?

Ainsi, nous faisions face à l'océan, nous réfléchissions à ces histoires de distances avant de retourner vers le lagon, et de commencer à pêcher. Nous espérions attraper un requin avant la nuit, et Moriaty m'a dit soudain qu'il avait dix-neuf ans aujourd'hui, et j'ai cherché quelque chose à dire, quelque chose de gentil et de réconfortant, et finalement je lui ai dit bon anniversaire. J'ai sorti une boîte de bière de l'eau, je l'ai ouverte et la lui ai passée pour qu'il boive le premier parce que c'était son anniversaire. Ensuite il me l'a tendue, j'ai bu à mon tour, la lui ai repassée, et il l'a terminée avant de la lancer dans l'océan. Je lui ai dit qu'il était plus vieux que moi à présent. Ensuite on n'a plus rien dit, on n'a plus parlé, pas même des distances entre nous et la ligne d'horizon. On a regardé la boîte de bière vide flotter sur l'océan, et il me semblait que les vagues avaient tendance à l'éloigner vers le large. Et avec Moriaty à côté de moi, j'avais moins cette impression d'irréalité en face de l'horizon.

Écoutez, où que soit Moriaty en ce moment, et quoi qu'il fasse et qu'il lui soit arrivé par la suite, je vous jure que, s'il a un fils aujourd'hui, il s'occupe de lui, il est un bon père, j'en suis persuadé. Il lui enseigne des choses utiles, et d'autres invisibles. Et quelquefois, je me dis qu'il doit lui arriver de tourner autour de lui, de l'observer, attendant le moment idéal pour lui raconter son dix-neuvième anniversaire, au bord de l'océan. Peut-être a-t-il eu la patience d'attendre que son fils ait lui-même dix-neuf ans pour lui parler de notre demi-boîte de bière chacun, et d'une histoire de distances incalculables.

Nous étions retournés sur la rive du lagon, et tandis que nous lancions des morceaux de biscuit pour faire venir les poissons, je me posais beaucoup de questions à propos de Da Maggio. Je n'avais rien d'autre à faire. Je me demandais s'il se réveillerait de lui-même dans l'après-midi, ou si nous le prendrions au passage, ce soir, en rentrant à bord. Et s'il se réveillait de lui-même, combien de temps cela lui prendrait avant de comprendre ce qu'il faisait là, et pourquoi il était recouvert de feuilles de palmier, et s'il commencerait par avoir peur. En fait je tentais de m'imaginer en proie à quel sentiment d'horreur il se réveillerait. Je me demandais ce que nous allions lui dire, ce soir, ou demain, et quelle réaction il aurait. Et combien de temps cela lui prendrait pour tout effacer et monter à la passerelle pour nous photographier, Moriaty et moi, nous parler à nouveau, ou bien trouver suffisamment d'amour-propre pour ne plus jamais nous adresser la parole et accepter d'être seul à bord.

Je me disais que c'était assez minable ce que nous lui avions fait, et que pour rien au monde, je n'aurais voulu être à sa place. Et inutile de vous dire que ce n'était pas pour cette gigantesque gueule de bois qu'il allait devoir affronter, que je ne voulais pas être à sa place. J'en avais déjà affronté quelques-unes de semblables, et d'autres viendraient avant la fin de mon engagement, c'était inscrit aussi sûrement que les postes de quart sur les feuilles de service. De ce genre de gueule de bois là, on se remettait toujours.

L'eau du lagon était si claire que l'on voyait les morceaux de biscuit couler en se balançant doucement comme des feuilles mortes dans l'air, et se poser sur le fond blanc et sablonneux. On en lançait un chacun son tour, mais le cœur n'y était pas. Tout ça ne ressemblait pas à une bonne partie de pêche, et je m'y attendais, j'en avais l'intuition depuis la veille. Moriaty était silencieux, et moi aussi. Nous regardions tous les deux droit devant nous, parce que nous n'osions pas faire autrement.

Heureusement les poissons n'ont pas tardé à arriver. Nous avons appâté nos lignes, et c'est Moriaty qui a attrapé le premier. C'était une espèce de poisson plat, bariolé jaune et noir. Moriaty lui a tout de suite cassé la tête sur un morceau de bois flotté, et ensuite nous avons sorti du sac la formidable ligne à requin de Da Maggio. C'était un hameçon impressionnant, en acier bleu, et à quatre dents aussi pointues que des pointes d'hameçon peuvent l'être, et si aiguisées que, sans mentir, nous aurions pu nous raser avec. Ensuite venaient un mètre de filin en acier, soudé à l'hameçon, puis une trentaine de mètres de ligne à lance-amarre. Nous avons planté l'hameçon dans le poisson jaune et noir, et c'est Moriaty qui l'a fait tournoyer au-dessus de sa tête pour lui donner de l'élan. Il l'a lancé de toutes ses forces dans le lagon. Il a fait une couronne d'eau à la surface et il a coulé. Moriaty a tendu la ligne, puis il a commencé à donner de légers coups sur la ligne afin que le poisson bouge comme s'il était vivant.

Nous avons continué à nous taire, et à ne pas oser faire autrement que de regarder devant nous. Car maintenant que nous étions seuls, sans Da Maggio, juste occupés à tenir la ligne chacun son tour, flottait avec encore plus d'acuité le souvenir de cette espèce de dispute que nous avions eue la veille, sur la plage arrière, et dont je ne savais pas comment reparler, ni lui, je supposais. À d'autres moments, nous pouvions regarder devant nous et nous taire aussi longtemps que ça nous chantait. Nous avions appris à le faire. Sauf qu'à ce moment, au bord du lagon, ce silence-là était fait d'un autre métal.

J'étais resté longtemps sur la passerelle, la veille, après que le ravitailleur eut terminé de se mettre à couple. Les ponts des deux bateaux avaient pris cet air étrange qu'ils ont toujours, cet air désert et fantomatique lorsque les lumières blanches de service sont allumées et que les machines sont stoppées. J'étais resté là-haut dans la passerelle jusqu'à la nuit tombée, et puis j'étais descendu dans le poste d'équipage, et je savais que Moriaty n'y serait pas. J'ai demandé si quelqu'un savait où il était, mais personne ne l'avait vu. Je me suis couché un moment.

Tout le monde dans tous les coins du poste parlait de l'explosion nucléaire. On en parlait de couchette à couchette, et autour de la table. Je ne me souviens pas de ce qui se disait en particulier, parce que tout le monde parlait en même temps, mais je me souviens très bien que l'explosion habitait le poste. Comme elle devait au même moment habiter le carré des officiers, au-dessus de nous, au-dessus de la ligne de flottaison, mais d'une autre manière bien sûr. Ils avaient été à la hauteur, se disaient-ils, les choses s'étaient déroulées sans incident. Et l'équipage également avait été à la hauteur, disait sans doute le commandant, n'est-ce pas messieurs ? Oui, commandant, disaient les officiers. Très bien, merci, messieurs ! C'était sans doute de cette manière dont ils en parlaient, observant parfois des silences empreints d'une discrète et délicate modestie.

J'aurais pu me joindre à l'une des discussions du poste, mais je suis resté allongé en me demandant à quel moment je devais partir à la recherche de Moriaty. Je ne craignais pas de m'endormir, à cause de tout ce bruit dans le poste, mais avant tout parce que Moriaty était quelque part à bord, et que je voulais le voir et lui demander comment ça s'était passé pour lui. Ce qui était un demi-mensonge, car en réalité, je savais que quelque chose s'était mal passé. Je le voyais encore sur l'aileron, je me rappelais son intense stupéfaction, après l'explosion, sa bouche entrouverte et cette expression nouvelle et douloureuse, cette expression de détresse qui ne m'était pas destinée, et qui ne demandait pas mon aide.

J'ai quitté le poste et je suis allé le chercher sur le pont supérieur et le long des passes avant. Finalement je l'ai trouvé assis à l'arrière, adossé à la porte du hangar, là où dans le fond je pensais qu'il serait. Je l'avais cherché dans des coins où je savais qu'il ne serait pas, afin de retarder le moment de le trouver, parce que je ne savais pas comment j'allais m'y prendre pour lui parler. Je me suis assis à côté de lui et je lui ai dit que ça jacassait comme pas deux dans le poste d'équipage, que c'était pas le moment d'essayer de dormir, et qu'il avait eu raison de venir là pour avoir la paix.

– Ouais, a-t-il fait, j'en étais sûr. Et qu'est-ce qu'ils disent ?

– J'en sais rien, ils parlent tous en même temps.

J'ai laissé passer un peu de temps et je lui ai demandé :

– Et toi, Moriaty, qu'est-ce que tu dis ?

– Ce que je dis ?

Il faisait nuit et on entendait un léger clapotis entre les coques des deux bateaux. Soudain, un type est apparu sur la plage arrière du ravitailleur, avec un chien qui lui trottait devant. Il s'est allongé sur le pont et le chien est venu se coucher sur lui en travers de sa poitrine. D'où nous étions, il ne pouvait pas nous voir. Il caressait le cou du chien, et parfois il se redressait et lui donnait des coups de tête dans le flanc. Ils avaient l'air de faire ça souvent, ça ressemblait à leur jeu favori. C'était très étrange de les regarder s'amuser, je crois que nous étions même un peu gênés, Moriaty et moi. Il y avait quelque chose de tendre et d'intime dans leur manière de faire. Nul doute que, si le gars du ravitailleur nous avait vus, il se serait amusé différemment avec son chien.

Puis ils se sont mis à courir autour de la plage arrière, ils en ont fait deux ou trois fois le tour et ils sont partis. Moriaty semblait content de les avoir vus. Il n'avait pas cessé de les regarder jouer. Pendant qu'il sortait ses cigarettes et m'en offrait une, je lui ai demandé s'il voulait que je descende au poste chercher une bière, mais il m'a dit non. Tandis que nous fumions, je lui ai demandé de cet air faussement détaché et ridicule qui change la voix :

– Comment ça va, Moriaty ?

Il m'a regardé. Il souriait tristement.

Je n'ai pas osé continuer, j'ai regardé au loin, dans la direction des passes.

– Demain, on va s'attraper un requin, je suis sûr, lui ai-je dit.

– Peut-être bien.

Là-dessus j'ai plaisanté :

– Tu gueuleras pas trop après Da Maggio, hein, Moriaty !

Lui a plaisanté à moitié :

– Je sais pas comment je pourrai.

– T'essaieras quand même.

– Oui, on verra.

– Il te cherchait cet après-midi.

– Qu'est-ce qu'il voulait ?

– La même chose qu'à moi, je suppose, te dire qu'il avait pris une pellicule entière de l'explosion.

– Qu'est-ce qu'on en a à foutre, hein ?

– Rien, ai-je répondu.

– Voilà, on n'en a rien à foutre.

Pour ça on était d'accord. Là-dessus je me suis lancé :

– Et pour toi, comment ça s'est passé ?

Il est resté vague, il a dit calmement :

– Comme tout le monde, j'ai suivi les consignes.

C'était de ma faute s'il était resté aussi vague, sans doute n'avais-je pas osé être assez précis. Ou alors il ne voulait pas en parler, en tout cas pas aller plus loin. Ou peut-être encore ignorait-il que je l'avais vu dans les secondes qui avaient suivi l'explosion, que j'avais été témoin de son regard désemparé.

– Mais après, Moriaty, qu'est-ce qui s'est passé ?

– Ce qui s'est passé ? m'a-t-il demandé durement, et sur un ton accusateur.

Il s'est arrêté. J'ai voulu qu'on s'arrête là, moi aussi. J'ai tourné la tête vers le ravitailleur.

– Mais, bon Dieu, qu'est-ce qu'on a vu d'après toi ? m'a-t-il dit, et sa voix continuait de m'accuser.

– Je sais bien ce qu'on a vu.

Il a ricané :

– Ah, oui, toi aussi tu l'as vu !

Et ça m'a blessé.

– Je voulais en parler avec toi, Moriaty, c'est tout, rien de plus. Je t'ai regardé sur l'aileron, tu sais, j'ai vu que ça n'allait pas.

Je me suis arrêté et j'ai soulevé les épaules.

– Je voulais seulement t'en parler.

Je ne crois pas qu'il m'écoutait. Il avait joint ses mains en creux et soufflait dedans comme lorsqu'on veut imiter le cri du hibou, et soudain il s'est mis à taper des petits coups de tête contre la cloison. Puis au bout d'un moment il a ôté les mains de sa bouche, et il a crié :

– Ah, tu veux savoir ce qui s'est passé ?

Je voulais m'en aller.

– Arrête, Moriaty !

Maintenant je voulais vraiment me lever et m'en aller fumer une cigarette quelque part. Il a dit sourdement :

– Putain, mais qu'est-ce que vous avez tous ?

– Je crois que tu m'emmerdes, Moriaty, ai-je dit.

– Alors vous voulez savoir ce qui s'est passé ? m'a-t-il demandé.

Qu'il m'inclût avec tous les autres du bord était encore plus blessant que tout le reste, en sorte que je me suis levé sans rien dire, et que je suis parti. Je suis allé à l'avant fumer une cigarette, mais ma main tremblait si fort qu'on aurait dit la main d'un vieil homme désespéré.

Voilà pourquoi, tandis qu'à présent nous avions lancé la ligne avec au bout l'hameçon et le poisson jaune et noir, tandis que nous attendions qu'arrivent les requins et que l'un d'eux morde à l'appât, Moriaty et moi, nous nous taisions. Et qu'en repensant à hier soir, ça me rendait triste de ne pas avoir réussi à lui faire dire ce qui le tourmentait, mais j'attendais aussi, j'en avais besoin, que d'une manière ou d'une autre il me dise ou me fasse comprendre qu'il ne m'incluait pas avec tous les autres du bord.

Il continuait de tirer avec de petites secousses sur la

ligne pour faire se soulever le poisson du fond sablonneux et lui donner un air vivant. Mais bien que l'eau fût aussi claire que de l'eau en bouteille, Moriaty avait lancé trop loin le poisson pour qu'on le voie bouger comme un poisson vivant. Mais les requins, nous les verrions arriver, et c'était ça l'essentiel. Leurs silhouettes sombres, on les voyait toujours arriver de loin, entre deux eaux. Parfois, dans les hauts-fonds, on voyait aussi leur ombre les suivre sur le sable clair, en dessous d'eux.

À force de donner ces légers coups sur la ligne, le poisson a fini par revenir vers la berge, traînant derrière lui un nuage de sable blanc. Moriaty l'a tiré sur le bord, j'ai enroulé la ligne, puis Moriaty a fait ce moulinet au-dessus de sa tête, et de nouveau le poisson s'est envolé et a plongé au loin dans le lagon.

C'était à mon tour de faire vivre le poisson au bout de la ligne, et je me suis tout de suite appliqué, je m'y suis employé du mieux que je pouvais. Je ne me suis pas contenté de tirer ces petits coups sur la ligne, comme le faisait Moriaty. Mais j'y imprimais de subtils mouvements, censés représenter la vie d'un poisson encore mieux que ne l'avait fait Moriaty, encore mieux que je ne l'avais jamais fait.

Car je m'étais mis en tête qu'un requin tigre allait

mordre à l'appât. Personne à bord n'en avait jamais pêché, et Da Maggio prétendait en avoir vu un dans les passes, le premier jour où nous les avions franchies, même pas à un quart de mille de là. On le croyait plus ou moins, mais si c'était vrai, et si c'était Moriaty et moi qui attrapions le premier requin tigre, qui faisions cette prise mythique, je me disais qu'elle nous rendrait suffisamment heureux et fiers pour effacer ce qui s'était passé entre nous la veille.

Alors je m'appliquais en tirant la ligne. Mais le problème était que je ne pouvais pas en juger de l'effet sur notre poisson, car je l'ai dit, il était trop loin dans l'eau pour le voir. Je pouvais seulement supposer qu'il obéissait à peu près à mes subtils mouvements sur la ligne. Que je parvenais à le faire soulever du fond, et à lui donner l'air de nager.

Lorsque à un moment, dans le milieu de l'après-midi, ça a été à nouveau mon tour de m'occuper de la ligne, je l'ai prise et gardée jusqu'au soir, parce que ça n'a plus intéressé Moriaty de pêcher. Je me rappelle de cette fin d'après-midi comme d'une partie de pêche solitaire. Et elle a la forme d'un requin tigre, ou plutôt la forme de son ombre ondulant sur le fond de sable clair, même si je n'avais encore jamais vu de requin tigre de ma vie, et que je n'en verrais jamais non plus par la suite.

Pendant ce temps, Moriaty somnolait à côté de moi. Parfois il se levait et allait faire un tour. Je l'entendais s'éloigner vers l'océan derrière moi, et il me demandait si je voulais qu'il me rapporte une bière. Mais je n'en voulais plus. J'avais décidé de garder l'esprit clair pour quand viendrait le requin tigre.

Parfois, des poissons d'une même espèce passaient tout près du bord et puis s'en allaient. Ils passaient par vague et ils se dispersaient lorsqu'ils croisaient la ligne à laquelle j'imprimais tout ce que je pouvais de subtilité, et lorsque malgré tout, à force de le faire bouger, le poisson jaune et noir réapparaissait avec son nuage de sable blanc, ils nageaient vers lui, et quelquefois l'un d'eux le mordillait, mais aucun n'en enlevait jamais le moindre morceau. Ça n'était jamais de leur goût, quelle que soit leur espèce. Il est resté entier jusqu'au soir, et j'ai commencé à me demander bien avant que le soleil se couche, s'ils n'avaient pas raison, si l'appât que nous avions choisi n'était pas la pire espèce de poisson empoisonné du lagon. Mais pas pour un requin tigre, je me disais, pas pour lui. J'ai réussi à m'en persuader, à conserver un peu de cet espoir jusqu'à ce que le soleil commence à descendre sur l'horizon.

Mais, à mesure que la lumière baissait, je perdais de mon courage. Il s'en allait comme la lumière du jour, impossible d'en garder assez pour continuer la nuit venue. J'ai coincé la ligne sous mon pied pour m'allumer une cigarette. Si un requin avait mordu maintenant, il serait parti avec le poisson et la formidable ligne de Da Maggio.

Le ciel était beau, tout irisé de rouge et de violet. Je l'aurais presque photographié pour les parents de Da Maggio. L'eau du lagon s'assombrissait, et le requin tigre qui aurait pu nous aider, Moriaty et moi, n'est pas venu. J'ai remonté la ligne, j'ai décroché le poisson de l'hameçon et l'ai jeté dans le lagon.

Le soleil a disparu, et je suis resté un moment sans rien faire, qu'à essayer d'apercevoir Moriaty dans l'obscurité. Il y avait plus d'une heure qu'il n'était pas revenu. Il m'a semblé le voir du côté de l'océan, là où étaient les bières.

J'ai commencé à construire le feu. J'ai rassemblé des feuilles de palmier séchées par le soleil, j'ai mis du bois flotté par-dessus, et j'ai enflammé les feuilles de palmier avec l'emballage d'un paquet de biscuits. Les flammes sont montées jusqu'au bois, qui a pris tout de suite. Au moins nous aurions fait un feu à l'extrémité de l'atoll. Nous aurions réussi cela. C'est qu'il était beau, ce feu. Le bois était sec et les flammes montaient de plus en plus haut en crépitant. Et Moriaty soudain est entré dans le périmètre éclairé, une boîte de bière dans chaque main, et j'ai compris que c'était les dernières. Il avait bu toutes les autres pendant que je m'occupais de la ligne. Cependant il n'était pas complètement ivre, il tenait encore bien sur ses jambes. Ses yeux brillaient d'un éclat rouge, à cause du feu, mais des bières également. Il m'a tendu une boîte et m'a demandé où était le requin, et c'était sans ironie. Je lui ai répondu qu'il était encore dans les passes. Il a levé sa bière en direction des passes, puis il l'a portée à sa bouche, à la santé du requin.

On ne voyait que la nuit au-delà du cercle éclairé par les flammes. Nous tournions lentement autour du feu, en même temps que des nuées d'insectes. Je me demandais où ils pouvaient bien être avant que j'allume le feu. On aurait dit qu'ils étaient nés avec lui. Là-bas, derrière nous, les navires amarrés aux pontons devaient avoir allumé leurs feux blancs d'amarrage depuis longtemps, mais grâce à l'éclat des flammes, on ne les voyait pas. On entendait parfois un bruit à la surface du lagon, des poissons en train de chasser, et puis plus rien.

Moriaty s'était accroupi tout près du feu. Moi je restais debout et je regardais le haut des flammes, et les minuscules braises monter dans la nuit, parfois très haut, soulevées par l'air chaud, et s'éteindre. C'est ce que je faisais encore lorsque Moriaty s'est relevé et a quitté le cercle éclairé. Je l'ai suivi des yeux, et pendant encore un moment j'ai réussi à l'apercevoir dans l'obscurité. Il se dirigeait vers le canal reliant les eaux du lagon à celles de l'océan. Puis je ne l'ai plus vu, mais je l'ai entendu patauger dans l'eau, et j'ai compris qu'il traversait le canal.

Je me suis assis dans le sable, à côté du sac. J'ai arrêté d'alimenter le feu. Les flammes n'étaient plus aussi hautes qu'au début, mais elles tenaient bien. J'attendais que Moriaty revienne, et que nous rentrions à bord. Je priais pour que Da Maggio y soit déjà, qu'il se soit réveillé, et qu'il ait réussi à regagner le bateau par ses propres moyens. Je n'avais aucune envie d'affronter ses questions, ni de l'aider à marcher.

L'air de la nuit était presque froid dans mon dos. J'étais toujours assis, et il me semblait que je me recroquevillais, pas sous le poids de la fatigue, mais pour échapper à la nuit qui se rapprochait à mesure que le feu baissait. Et plus je me recroquevillais, plus

Moriaty, Da Maggio et cette journée s'éloignaient. Ils s'en allaient tout doucement de mon esprit, comme les personnages d'un rêve. Et j'avais ce sentiment confus, cette sorte d'étonnement sans nom d'être à l'endroit où j'étais, entouré d'eau sombre, et sous le ciel de la nuit. Je demandais comment c'était arrivé. Ce qui est étrange, c'est que je ne posais la question, ni à moi, ni à personne en particulier. Je regardais devant moi et je disais : je suis là. Et je demandais simplement comment c'était arrivé.

Puis le monde a reflué vers moi lorsque j'ai vu les flammes monter de l'autre côté du canal. Moriaty s'y était construit un feu. Je ne l'ai pas pris comme un défi à celui que j'avais allumé, mais pour une idée qui lui était venue comme ça, parce qu'il avait bu. Il était aussi beau que le mien l'avait été, au début, avec de belles flammes jaunes, et les braises qui montaient vraiment haut dans le noir. Ça nous connaissait les feux, Moriaty et moi. Nous n'étions pas de grands pêcheurs de requin, mais nous savions allumer un feu.

S'il n'y avait pas eu le canal à traverser, j'y serais allé tout de suite. Il m'a fallu un moment avant de me décider. Puis comme mon feu baissait, et que je ne voulais plus rester tout seul, j'ai mis mon paquet de cigarettes au sec dans la poche de ma chemise, je me suis levé et j'y suis allé. Et il a bien fallu entrer dans l'eau. Au milieu du canal, j'en avais jusqu'à la taille et je sentais le léger courant qui arrivait de l'océan. J'ai abordé sur ce bout de terre, indépendant de l'atoll, les chaussures pleines d'eau et le pantalon collé aux jambes.

Plus je m'approchais du feu et plus Moriaty semblait s'occuper de l'alimenter. Il allait et venait entre le foyer et la rive du lagon avec une espèce de frénésie. Il bougeait tellement que les flammes semblaient l'éclairer partout à la fois.

J'ai senti l'odeur avant la chaleur des flammes. Je ne tenterai pas de la décrire, parce que je n'y parviendrai pas. Mais je la sens encore aujourd'hui. Elle est demeurée en moi depuis qu'elle y est entrée, cette nuit-là, alors que Moriaty ne s'arrêtait toujours pas d'aller et venir entre le feu et la rive du lagon, et que moi, à jamais imprégné de cette odeur, j'avançais maintenant lentement vers le feu, sans que Moriaty y prête attention.

J'ai tout d'abord vu les deux bernard-l'ermite qu'il tenait dans chacune de ses mains par la coquille, leurs grosses pinces et leurs pattes rouges tentant de s'agripper à quelque chose, mais elles ne rencontraient que le vide. C'est seulement lorsqu'il les a lancés dans le feu que j'ai vu tous les autres en train de brûler, et je crois qu'il y en avait déjà une douzaine, ou peut-être davantage. Ceux qu'il venait de lancer se sont mis à marcher dans les flammes, projetant leurs pattes dans tous les sens pour tenter de s'échapper. Mais ça n'a duré que quelques secondes. Ils se sont rapidement affaissés, mais leurs pattes et leurs pinces ont continué à s'agiter pendant encore un instant en noircissant, puis elles n'ont plus bougé. Moriaty pendant ce temps-là était reparti vers le lagon en rechercher d'autres, parce qu'il y en avait une colonie au bord du lagon. Jamais je n'en avais vu autant. Moriaty est revenu avec deux nouveaux bernard-l'ermite et, avant de les lancer dans le feu, il m'a fait face et il m'a regardé avec un air effrayant et désespéré, en faisant non avec la tête, comme un signe d'impuissance. Puis il les a jetés dans le feu et, tandis qu'il retournait en chercher, j'ai assisté à cette nouvelle agonie, fasciné et horrifié. Moriaty s'était mis à parler tout seul, là-bas, au bord du lagon, et lorsqu'il est revenu, je n'ai pas osé me mettre en travers de son chemin, je n'ai pas bougé, mais j'ai dit :

– Non, Moriaty, qu'est-ce que tu fais ?

Il a levé les bras pour me montrer les bernard-l'ermite.

– Et pourquoi pas ?

– Non, arrête-toi, Moriaty !

Il a secoué la tête et s'est mis à me dire avec colère, lançant ses bras dans tous les sens, tenant toujours les bernard-l'ermite dans ses mains, et leurs pattes et leurs pinces ressemblaient à des mains effrayantes :

– Tu voulais savoir ce qui s'était passé ? C'est pas toi qui es venu m'emmerder avec ça, hier soir ? Si, c'est bien toi, tu t'en souviens ? Et tu sais quoi, toi tu n'as été que le premier, parce que tout le monde a défilé cette nuit, oui, ils sont tous venus s'asseoir sur ma couchette et ils m'ont tous demandé ce qui s'était passé. Ça m'a pris toute la nuit pour leur répondre.

Il était ivre et il parlait comme s'il n'avait plus de salive dans la bouche. Il continuait :

– Et moi toute la nuit je leur ai demandé pourquoi vous me posez la question ? Pourquoi vous me laissez pas dormir ? Qu'est-ce que vous avez vu ? Mais personne avait rien vu. Et voilà, mon vieux. Et maintenant j'espère que ça va puer jusqu'aux pontons, alors tu comprends, il faut que j'en mette le plus possible, si je veux que ça aille jusqu'aux pontons, et qu'ils le sentent tous.

Là-dessus il a lancé les bêtes dans le feu. Il les a regardées se débattre dans les flammes, et je crois que c'était les premières qu'il voyait brûler depuis qu'il avait commencé à les lancer. Parce qu'alors ses épaules se sont arrondies, et sa colère a semblé retomber. L'expression de ses traits a changé, ils se sont lentement empreints de cette détresse et de cette intense stupéfaction que j'avais vues sur son visage hier, lorsqu'il s'était retourné après l'explosion et qu'il regardait vers l'intérieur de la passerelle.

Puis il a détourné son regard du feu et l'a posé sur moi. J'ai baissé les yeux, et peut-être une minute entière s'est écoulée ainsi. Ensuite il m'a dit que l'eau était si froide, que je ne pouvais pas savoir à quel point elle était froide. Je ne savais pas de quoi il parlait. Il a poursuivi que c'était à cause de ça qu'il avait failli se noyer.

C'est à ce moment seulement que j'ai compris qu'il me parlait de la rivière qu'il avait traversée un jour, et du message qui l'attendait dans la boîte sur l'autre rive. Mais, contrairement à la façon dont il me l'avait racontée la première fois, pendant notre quart de nuit, il me la racontait maintenant avec du chagrin dans la voix. Toutes les bières qu'il s'était bues étaient pour quelque chose dans son chagrin. Mais pas seulement, je le sentais bien.

Tandis qu'il me reparlait de la traversée de la

rivière, du courage et de la peur, de l'eau glacée, de cette seconde pendant laquelle son cœur s'était brisé, de tout ce qu'il avait affronté pour découvrir le message dans la boîte, son chagrin grandissait tellement qu'il s'est arrêté, tout près de sangloter. Il a respiré par saccades, pour reprendre des forces, et ensuite il m'a dit de regarder autour de nous, de penser à la vie que nous menions à bord, et de me souvenir de ce que nous avions fait hier, de ce que nous avions tous vu. Il s'est tu un instant, avant de dire tout bas qu'il savait maintenant que le message qu'il avait sorti de la boîte et qu'il avait lu, lui avait menti, qu'il savait à présent à quel point ça n'avait pas marché. Et à partir de là, il a été à bout de forces. Il n'a plus dit un mot. Mais il s'est mis à légèrement trembler comme s'il faisait froid.

Je ne l'ai pas pris dans mes bras parce que je ne savais pas comment m'y prendre. Mais je me suis rapproché un peu de lui, jusqu'à ce que j'entende sa respiration. Alors tout a cessé : le crépitement du feu, le mouvement des flammes, même l'épouvantable odeur a disparu. Il n'est plus resté que Moriaty et moi, sur ce tout petit bout de terre, au milieu de l'océan, cernés par les ténèbres comme deux petits garçons. Et je me souviens si bien de Moriaty inconsolable, à des milliers de milles d'une rivière d'eau glacée et d'une boîte cachée sous un pin qui penche au-dessus de la rivière.

Moriaty, c'est maintenant que je te prends dans mes bras.

Giovanni

Nous avions appareillé, et le ciel était couvert. Le commandant n'était pas content à cause des bateaux qui rentraient de la pêche, parce qu'ils nous obligeaient à manœuvrer pour les éviter. Debout dans les barques, les pêcheurs nous faisaient des signes quand ils passaient sur notre travers. Ils nous montraient leurs prises. Ils balançaient de gros poissons au bout de leurs bras. Mais personne sur la passerelle n'osait répondre à leurs saluts à cause du commandant.

Nous avons laissé les barques de pêche derrière nous. L'odeur de la terre a disparu et nous avons allumé nos feux. Le lieutenant m'a envoyé à l'arrière vérifier s'ils fonctionnaient. J'y suis allé, et je suis resté là-bas un moment et j'ai regardé les lumières du port et de la ville, dans l'axe de notre sillage.

La mer et le ciel étaient noirs. La houle était longue et je ne voyais pas beaucoup de vagues. Je dormirais bien cette nuit, après mon quart. Ma couchette se trouvait sous la ligne de flottaison, contre la coque, et à cet endroit la tôle était bombée. Lorsque la houle et les vagues venaient de travers, la coque faisait le creux en claquant si fort que c'était parfois difficile de trouver le sommeil. Elle claquait à intervalles réguliers, toutes les six ou sept secondes. La première fois que je l'avais entendue, j'avais eu peur parce que je ne savais pas ce que c'était. À présent je commençais à m'y faire. Il y avait beaucoup de bruits différents à bord et on finissait par s'habituer à tous.

Lorsque je suis revenu à la passerelle, le commandant était en train de demander au lieutenant ce que faisaient ces gars penchés à l'avant pendant le poste de manœuvre. Le lieutenant a quitté la table à cartes, il est sorti sur l'aileron à bâbord et leur a gueulé de s'en aller de là. Les gars ont tout de suite filé. Ils sont passés en dessous de moi par les passes avant, et l'un d'eux m'a fait un bras d'honneur, comme si j'avais été le lieutenant.

Le commandant a demandé au lieutenant pourquoi bon Dieu ils n'étaient pas à leur poste de manœuvre, et qui ils étaient. Le lieutenant lui a répondu qu'il n'avait pas réussi à les reconnaître à cause de la nuit, mais qu'il se renseignerait. Le commandant lui a dit de faire attention la prochaine fois. Moi je les avais reconnus malgré la nuit. C'étaient Soderball, Touileb et Dedeken. C'est Touileb qui m'avait fait un bras d'honneur.

Le lieutenant est venu sur mon aileron et je me suis poussé pour lui laisser la place devant le compas. Il a pris un relèvement sur un feu à deux éclats blancs, mais il était troublé par la remarque du commandant. Il n'arrivait pas à prendre son relèvement. Il a dû s'y prendre à deux fois. Il est rentré dans la passerelle et s'est penché sur la carte. Il a allumé la lumière rouge au-dessus et il a rapporté le relèvement sur la carte. Puis, toujours penché, il a donné un cap au barreur. Le barreur a répété le cap à voix haute, et tout de suite après on a senti qu'on virait lentement de bord. Je me suis penché sur le bord de l'aileron et j'ai regardé la courbe du sillage derrière nous.

Tous les feux de la terre ont tourné dans la nuit et ont disparu. On a annoncé la fin du poste de manœuvre dans les haut-parleurs, et puis l'appel du premier quart. J'étais du deuxième quart et il ne commençait qu'à minuit. J'ai quitté la passerelle et je suis descendu dans le poste d'équipage. J'étais le premier arrivé. Le chien Giovanni était couché sous la table. Il a levé la tête vers moi quand il m'a vu, et il a agité sa queue.

– Alors, Giovanni, je lui ai dit.

Il avait bien fait de ne pas me suivre sur la passerelle, ce soir. Le commandant m'aurait fait des histoires. Ou alors il en aurait fait au lieutenant qui m'en aurait fait ensuite, parce que c'était rare que le commandant s'adresse directement à nous. Et à l'un ou à l'autre j'aurais répondu que ce n'était quand même pas ma faute s'il me suivait partout. D'habitude le commandant ne disait rien sur Giovanni. Il faisait toujours comme s'il ne le voyait pas. On ne pouvait pas savoir ce qu'il pensait de lui. Mais ce soir, j'étais sûr qu'il aurait dit quelque chose parce qu'il était contrarié à cause des barques de pêche et qu'il était toujours tendu quand on appareillait.

Je suis allé m'asseoir sur le bord de ma couchette en me demandant si j'allais dormir un moment avant de prendre mon quart. Mais tous les gars du poste allaient bientôt descendre à leur tour et feraient du bruit. Et ensuite ceux qui prenaient le quart à minuit comme moi auraient envie de jouer aux cartes. Ils feraient encore plus de bruit et la lumière resterait allumée, et personne n'oserait rien dire. Ceux qui jouaient aux cartes avaient plus de droits que ceux qui voulaient dormir. Souvent je me pensais que le temps passerait plus vite si je jouais aux cartes avec les autres, que les jours passeraient plus vite, que la vie serait plus facile à bord, mais je n'aimais pas ça, jouer aux cartes.

J'ai décidé de ne pas dormir, et d'attendre minuit allongé sur ma couchette en gardant les yeux ouverts. Giovanni est venu s'allonger à côté de moi et je l'ai caressé. Il avait une cicatrice au-dessus du museau et une autre près de l'œil. Je les connaissais bien toutes les deux, c'est moi qui l'avais soigné.

Puis soudain ça m'a paru long d'attendre jusqu'à minuit. Giovanni s'est mis sur le flanc et j'ai arrêté de le caresser. J'ai pris une cigarette et je me suis allongé en laissant le rideau ouvert devant la couchette. Je le laissais ouvert quand j'étais seul dans le poste. J'ai fumé ma cigarette les yeux sur la couchette du dessus. C'était celle de Bocchi. Elle était comme la mienne. Même matière, même couleur, une toile tendue à un cadre métallique par un bout en nylon. Il y avait comme ça trois couchettes superposées par travée, et six travées.

Il y a eu un grésillement dans le haut-parleur et j'ai cru qu'il allait y avoir une annonce. Alors j'ai eu peur que ce soit pour moi, qu'on m'appelait à cause de Giovanni qui avait pissé ou chié quelque part. Mais finalement il n'y a pas eu d'annonce. L'unique lampe du poste a faibli, puis elle a brillé à nouveau. Elle était orange et elle éclairait assez peu. Giovanni s'est redressé puis s'est recouché en tournant la tête vers moi.

Le chien Giovanni était depuis longtemps à bord. Personne ne pouvait dire depuis combien de temps, car nous avions tous embarqué après lui. Tout ce que nous savions, c'est qu'il portait le nom de celui qui dormait dans ma couchette avant moi, que tous les deux étaient toujours ensemble à cette époque-là, et que c'était devenu pour ainsi dire son chien. Puis, lorsque le vrai Giovanni avait débarqué, le chien avait gardé son nom. Tout le monde l'appelait maintenant Giovanni.

Lorsque j'avais embarqué, il n'y avait que cette couchette de libre, et c'était celle du chien Giovanni. Nous l'avions partagée pendant deux mois. Il m'avait bien souvent empêché de dormir. Mais je n'osais rien dire car le chien Giovanni semblait sacré pour tous ceux du poste. Tout le monde considérait que c'était sa couchette et non la mienne. Hatt surtout, qui était le plus ancien après Giovanni. D'après lui, l'ancienneté du chien à bord le plaçait au-dessus de moi.

Giovanni dormait à mes pieds, directement sur la couverture, et j'étais obligé de replier les jambes. Parfois, en descendant du quart, je le trouvais allongé sur l'oreiller. J'étais obligé de le pousser au fond de la couchette pour avoir de la place. En essayant de dormir je me demandais comment le vrai Giovanni faisait, lui, avec son chien, par exemple comment il mettait ses jambes. Je nous comparais souvent, tous les deux.

Alors le vrai Giovanni avait commencé à devenir important pour moi. C'était à force de me demander qui il était. À chaque question à son propos, j'avais une réponse qui le grandissait. Et même souvent je me sentais triste parce que je me l'imaginais se souvenant de son chien du temps où il était encore ici avec lui. Un jour j'ai été tout à coup si triste que je me suis levé et que j'ai cherché le chien Giovanni du regard. Je voulais aller avec lui sur la plage arrière pour nous promener. Comme si je désirais montrer au vrai Giovanni que je m'occupais de son chien. Mais il n'était pas dans le poste, il devait être déjà dehors sur le pont. Je me suis recouché et j'ai eu honte d'être aussi triste pour quelqu'un que je ne connaissais pas. Et depuis ce jour-là, j'ai essayé d'arrêter de penser au vrai Giovanni, de m'imaginer qui il était.

Puis un jour, finalement, il m'a semblé que j'étais suffisamment ancien à bord pour décider que maintenant Giovanni dormirait par terre. Ça a été difficile au début. Pas à cause de Hatt ou d'autres gars du poste, mais à cause de Giovanni. Il était tellement habitué à dormir sur la couchette qu'il ne comprenait pas pourquoi je lui donnais des coups de pied à présent. Je le chassais, mais il revenait. Alors je l'engueulais et je le tirais par le cou. Il tombait de la couchette et je pensais qu'il avait compris finalement. Mais quand je rentrais de mon quart, je le trouvais encore couché sur la couverture. J'ai tenu bon et il a fini par comprendre. J'ai eu enfin la couchette pour moi tout seul. J'ai pu déplier mes jambes. Personne dans le poste n'y a trouvé à redire, pas même Hatt, et j'ai regretté de ne pas l'avoir fait plus tôt.

Mais Giovanni, depuis, s'était lié à moi sans que je l'aie voulu. Je crois qu'il me considérait comme son maître parce que nous avions dormi ensemble. J'avais remplacé le vrai Giovanni. Mais sans le vouloir. Parce que, si on m'avait demandé si j'avais envie de remplacer le vrai Giovanni, j'aurais répondu non. S'il y avait eu une autre couchette de libre le jour où j'avais embarqué, je l'aurais prise, nous n'aurions pas dormi ensemble et j'aurais eu la paix. Parfois j'aimais un peu l'avoir avec moi, mais le plus souvent non. C'était trop d'embêtements. Quand, dans les haut-parleurs, on me demandait, je savais déjà que c'était à cause de Giovanni. Il avait chié quelque part et c'était moi qu'on appelait pour nettoyer. Alors j'y allais et Giovanni venait avec moi. Je ramassais ce qu'il avait fait et j'allais le jeter par-dessus bord. Et si nous croisions quelqu'un dans les coursives, j'avais le droit à des plaisanteries sur ce que je tenais dans la main avec un papier. Moi je me retournais contre Giovanni, je lui lançais des coups de pied, mais il avait appris à les éviter. Alors je l'engueulais, je lui disais que j'en avais assez de faire ça. Mais ça ne l'empêchait pas de continuer à me suivre partout.

Quand nous étions à quai et que Giovanni s'était battu avec un autre chien de l'arsenal, le premier du bord qui le trouvait l'emmenait à l'infirmerie, mais c'était moi ensuite qu'on appelait pour le soigner parce que le second maître infirmier ne voulait pas le faire. Il disait qu'il n'était pas vétérinaire. Je me pensais qu'il l'était quand même un peu plus que n'importe qui à bord. Lorsque j'arrivais, Giovanni était couché dans un coin de l'infirmerie, tout couvert de plaies. Il avait l'air content de me voir. L'infirmier avait déjà sorti de quoi le désinfecter. Il s'asseyait sur le coin de sa table et il me regardait faire sans m'aider. En plus il était furieux contre moi. Il ne voulait plus voir

Giovanni ici. Je lui disais que ce n'était pas ma faute s'il s'était battu, et que ce n'était pas moi qui l'avais fait venir ici. Il me répondait qu'il ne voulait pas le savoir, qu'il en avait rien à foutre du pourquoi du comment. Giovanni me regardait et regardait l'infirmier pendant que je le soignais. Je ne disais plus rien. J'essayais de faire attention à ce que je faisais. Je lui passais de la teinture d'iode et de la poudre antiseptique. Je ne lui mettais pas de pansements ni de bandes, parce que l'infirmier ne voulait pas. Ensuite je l'emmenais avec moi dans le poste. Je le portais dans mes bras et, dans les coursives, tous ceux que nous croisions avaient quelque chose à dire et des questions à poser :

– Qu'est-ce que t'as ?

– Alors, Giovanni, qu'est-ce qui t'arrive ?

– D'où tu viens, Giovanni ?

Les questions s'adressaient à lui, alors je n'y répondais pas. De toute façon tout le monde avait bien compris qu'il venait de se battre dans l'arsenal.

Quand nous arrivions dans le poste d'équipage, c'était la même chose, tout le monde se mettait à lui parler. Je l'installais devant ma couchette et j'allais lui chercher de l'eau. Ensuite je retournais à l'infirmerie nettoyer le coin où il avait saigné, sous le regard de l'infirmier qui n'avait rien à faire de toute la journée. Il me disait que la prochaine fois ce serait moi qui achèterais la teinture d'iode et la poudre antiseptique avec mon argent. Et je pensais peau de balle. Quand je revenais dans le poste, Giovanni dormait, et plus personne ne s'occupait de lui et ne lui parlait. Ils jouaient aux cartes.

Dans le fond j'étais content de l'avoir soigné. Mais sur le moment je n'aimais pas ces histoires avec l'infirmier, toutes ces choses qu'il me disait. La première nuit ça sentait la poudre antiseptique près de ma couchette. Quand il était guéri, Giovanni retournait se battre dans l'arsenal. Je ne savais pas comment je pouvais faire pour l'en empêcher. Je ne pouvais pas surveiller l'échelle de coupée toute la journée pour lui interdire de descendre à terre. Parfois je me disais qu'un de ces jours l'infirmier allait débarquer et que son remplaçant accepterait de soigner les chiens. Je me disais qu'un jour je n'aurais plus tous ces embêtements. J'avais dormi avec Giovanni pendant deux mois, et à présent on considérait que c'était normal que je m'occupe de lui. Et c'était trop tard maintenant pour dire que ce n'était pas une raison. Nous étions nombreux à bord, et si chacun avait bien voulu faire une petite chose pour lui, j'aurais été tranquille. Heureusement encore qu'il avait déjà un nom. On lui aurait donné le mien sinon.

Quand j'ai entendu les gars descendre, revenant de leur poste de manœuvre, j'ai tiré le rideau de ma couchette et j'ai écouté ce qu'ils disaient. C'est Mayer qui a commencé à parler le premier, tandis que Giovanni soulevait le rideau avec sa tête, et que je le repoussais. Il a recommencé et je l'ai encore repoussé et en lui disant de foutre le camp maintenant. Et Mayer disait qu'il avait réussi à fumer une cigarette pendant le poste de manœuvre. Je me demandais comment il avait fait. Sans doute que son poste était à l'abri des regards. Personne ne mettait en doute qu'il l'ait fait. Mayer faisait toujours des choses extraordinaires. À bord, mais au bordel également. À bord par exemple, il était capable de dormir pendant tout son quart de nuit sans que l'officier de navigation s'en aperçoive. Je l'avais vu de mes propres yeux dormir sous la table à cartes. Et au bordel, Mayer arrivait si bien à discuter avec tout le monde et avec toutes les femmes qu'il couchait parfois avec l'une d'elles sans payer. Ça également je l'avais vu. C'est alors que Bocchi a dit que lui aussi avait déjà fumé pendant le poste de manœuvre.

– Tu as fait ça, Bocchi ? a demandé Mayer.

– Oui.

– Ta gueule, Bocchi ! lui a dit Mayer, c'est pas vrai.

– Si, je l'ai fait.

Plusieurs voix sont montées pour dire à Bocchi de fermer sa gueule. Je ne le croyais pas non plus. Et même s'il avait réussi à le faire, ça n'aurait intéressé personne. Parce que Bocchi avait sa place dans le poste uniquement quand il jouait aux cartes, parce qu'il jouait bien. Le reste du temps, tout le monde le méprisait. Quand la partie était finie, c'était fini pour lui aussi, il se retrouvait aussi seul qu'avant d'avoir commencé à jouer. Pour avoir sa place dans le poste, il aurait fallu qu'il joue toute la journée.

Il lui arrivait de crier pendant son sommeil. On ne comprenait pas ce qu'il criait. C'étaient des mots qui n'existaient pas. Mais une nuit il a appelé deux fois sa mère. Ça a éclaté au-dessus de moi et j'ai eu peur, tellement c'était fort. Je sais que nous étions nombreux à l'avoir entendu. Tout le monde a continué à le mépriser après cette nuit-là, mais personne n'a jamais fait allusion à ce qu'il avait dit deux fois. Je crois que ça avait troublé tout le monde. Alors que d'habitude il y avait toujours quelqu'un qui lui reprochait d'avoir encore gueulé la nuit. Bocchi disait qu'il ne s'en souvenait pas. Mais il était content que quelqu'un s'adresse à lui personnellement, même si c'était pour râler. Son visage s'éclairait et il demandait si quelqu'un avait compris ce qu'il avait dit. Tout le monde lui répondait que c'était des conneries incompréhensibles. Il demandait si on s'était marré, et on répondait que non et qu'il arrête maintenant de gueuler la nuit. Il insistait, il posait la question directement à Hatt qui était le plus ancien et le plus respecté de notre poste. Hatt ne prenait pas la peine de lui répondre.

Il ne me le demandait pas à moi personnellement. Pourtant je dormais en dessous de lui. Si ça avait eu un sens ce qu'il criait, j'aurais été le mieux placé pour le comprendre. Parfois, allongé sur ma couchette, je regardais au-dessus de moi la toile déformée par le dos de Bocchi, et je ricanais en moi-même : alors, petite maman de Bocchi, tu crois sûrement que tout se passe bien pour lui ici, tu crois certainement ce qu'il te raconte quand il t'écrit. Ah pauvre petite maman de Bocchi, que je me ricanais.

Quand il jouait aux cartes, Bocchi s'adressait à ses partenaires gentiment, comme si une amitié les liait. Comme s'il avait embarqué à bord le même jour qu'eux. Il détendait ses jambes sous la table d'une manière décontractée. Il offrait des cigarettes pendant le jeu. Et ensuite il attendait que quelqu'un d'autre donne du feu. Il voulait faire comme s'il existait un partage naturel autour de la table. Il lui arrivait ainsi de laisser un paquet de cigarettes pendant une partie. Et tout ce qu'il obtenait en échange, c'était qu'on lui donne trois ou quatre fois du feu. Après tout, à présent j'y pense, peut-être ne jouait-il pas aussi bien qu'on le disait, et qu'on l'appelait pour jouer simplement à cause de toutes les cigarettes qu'il offrait.

Dans le haut-parleur, soudain, ils ont annoncé une alerte incendie dans une soute des machines. Il y a eu un silence et le haut-parleur a redonné l'alerte. Puis la voix a dit qu'il ne s'agissait pas d'un exercice, et mon cœur a battu, parce que c'était la première fois que j'entendais que ce n'était pas un exercice, et parce que je me suis souvenu que j'étais de service de sécurité jusqu'à minuit. Je me suis levé et j'ai couru avec Hatt et Lining vers le local incendie pour m'habiller. Le local était situé à l'avant, près du poste, et nous sommes arrivés vite, avant les autres. Il y avait déjà là le premier maître de la sécurité qui nous a dit de nous dépêcher et qui a aidé un gars à mettre son fenzy. J'étais en train d'enfiler le mien et je me demandais ce qui nous attendait dans la soute, je n'avais jamais vu un vrai feu. Quand chacun de nous a été prêt, nous avons commencé à courir dans les coursives, précédés par le premier maître. Tout le monde s'écartait devant nous. Personne ne se moquait de nous cette fois, pas comme lors des exercices. J'étais derrière le premier maître et il n'arrêtait pas de se retourner et de nous dire de nous dépêcher. Je reconnaissais le souffle de Hatt dans mon dos. Je commençais à transpirer dans ma tenue et dans mes bottes, et mes cheveux collaient à mon front. Nous sommes passés en courant devant l'infirmerie, et l'infirmier était là et il nous a encouragés. Ensuite nous avons descendu une échelle presque à la verticale et j'ai failli tomber. Nos équipements étaient trop larges et pas souples du tout, et le fenzy était lourd et nous tirait en arrière. Deux autres ont failli aussi tomber, et ils ont commencé à se le reprocher l'un à l'autre. Le premier maître a crié de la fermer.

Nous avons continué à courir et il y a eu une deuxième échelle. De temps en temps je me retournais pour voir derrière moi. Les yeux de Hatt lui sortaient de la tête derrière son masque.

Quand on est arrivés au-dessus de la soute, la trappe était ouverte, mais on ne voyait pas de fumée. Le premier maître a pourtant crié de dérouler les lances. Alors plusieurs mécaniciens sont apparus du fond de la soute avec de grands sourires, et le premier maître leur a demandé ce qu'il se passait là-dedans. Ils lui ont répondu que c'était fini parce qu'ils avaient eux-mêmes éteint le feu avec des extincteurs. Quelqu'un a soulevé son masque et a demandé ce qu'on faisait maintenant. Le premier maître nous a dit de ne pas bouger. Il est descendu dans la soute et on l'a attendu pour savoir. Hatt et Lining ont retiré leur masque et ont discuté. Celui qui avait demandé ce qu'on faisait maintenant s'est accroupi et il a examiné son masque. J'ai gardé le mien et il commençait à y avoir des gouttes d'eau qui se formaient et coulaient sur la vitre.

Puis le premier maître est remonté, il nous a regardés et nous a dit que nous pouvions partir à présent, et de ne pas ranger nos équipements n'importe comment. Un instant après il est parti avec l'air déçu. On s'est penchés pour voir l'intérieur de la soute de nos yeux, et les mécaniciens se sont mis à nous insulter. Puis à nous demander ce qu'on foutait là, et qui pouvait compter sur nous. Et ceci et cela. Personne n'a rien dit. Nous autres de la passerelle et des transmissions craignions trop les mécaniciens pour leur répondre quoi que ce soit. Tout le monde à bord les craignait. Les mécaniciens étaient plus forts et plus importants que quiconque à bord. Ils étaient entre eux et ils se tenaient les coudes. Celui qui n'était pas mécanicien ne pouvait pas avoir un ami parmi eux. Ça ne serait venu à l'esprit de personne de descendre aux machines et de discuter avec eux. Et je suis sûr que la plupart d'entre nous n'avaient jamais vu les machines. Les mécaniciens, eux, se promenaient où ils voulaient. Ils étaient chez eux partout. Ils étaient plus respectés par leurs officiers que nous ne l'étions par les nôtres.

Ils nous insultaient encore quand on a annoncé la fin de l'alerte incendie dans le haut-parleur. J'ai ôté mon masque et on est partis. Il commençait à y avoir de la gîte et on a marché en se tenant aux mains courantes. J'étais entre Hatt et Lining. Personne n'a rien dit jusqu'à l'infirmerie. L'infirmier était encore là et il nous a demandé comment ça s'était passé en bas. On lui a répondu sans s'arrêter de marcher que ça s'était bien passé et que c'était fini. Il nous a demandé si ça avait été difficile et on lui a répondu non.

Ils avaient commencé à jouer aux cartes quand on est redescendus dans le poste. Mayer a demandé comment ça s'était passé en bas dans la soute. Hatt et Lining ont essayé de parler avec naturel. Mais ça devait être dur parce qu'ils savaient que j'étais là. Car tous les deux me méprisaient, et ils venaient de se faire insulter devant moi par les mécaniciens.

J'ai enjambé Giovanni qui dormait, et je me suis allongé. J'ai fermé le rideau à moitié. Bocchi ne jouait pas aux cartes ce soir. Il a bougé sur sa couchette et sa tête est apparue à l'envers au-dessus de moi. Il m'a regardé sans rien dire.

– Qu'est-ce que tu veux, Bocchi ? j'ai demandé.

– Rien, il a dit.

Il a regardé Giovanni et il l'a appelé :

– Hé, Giovanni !

Je lui ai demandé de le laisser tranquille parce qu'il allait le réveiller. Il a retiré sa tête et l'a reposée sur sa couchette. Mais un peu après il m'a questionné à propos de l'alerte incendie. Je lui ai dit que ça s'était passé comme Hatt et Lining l'avaient raconté. Ensuite je me suis allumé une cigarette. La tête de Bocchi est réapparue au-dessus de moi, et il m'a demandé de quel quart j'étais cette nuit. Je lui ai répondu que j'étais du deuxième quart. Puis il m'a demandé si je savais où nous allions et je lui ai répondu non, et que de toute façon ça m'était égal. Ensuite il ne m'a plus posé de questions et je l'ai entendu s'allumer une cigarette. J'avais les yeux sur la toile de sa couchette. À la forme qu'elle avait, je savais qu'il s'était allongé sur le côté.

Il avait envie de parler avec moi ce soir. Mais moi ça ne me disait rien. J'ai tiré complètement le rideau, et j'ai pensé à des choses qui ne concernaient plus ni lui, ni Giovanni, ni personne du bord.

Je me suis endormi sans le vouloir et, quand j'ai ouvert les yeux, je ne savais plus très bien où j'étais. Mais je suis revenu assez vite à bord. J'ai regardé ma montre pour savoir combien de temps j'avais dormi et combien il m'en restait avant de monter à la passerelle prendre mon quart. Ma montre était suspendue à droite sous mon cendrier et je n'ai eu qu'à bouger les yeux pour lire l'heure.

Car j'avais bien organisé ma couchette. À partir du jour où Giovanni n'avait plus dormi avec moi, j'avais eu envie de la rendre agréable en accrochant autour de moi ce qui me plaisait et ce que je trouvais utile. Ce que j'aimais le plus, c'était un dessin comique que j'avais trouvé sur une carte marine. Quelqu'un de la passerelle avait dû le dessiner pour se passer le temps. Il représentait quatre porteurs noirs marchant en file indienne derrière un homme blanc. Ils avaient tous un énorme tas de bagages sur la tête, sauf l'homme blanc bien sûr. J'avais découpé le dessin en douce et caché la carte sous les autres. La première fois que je les avais vus, ces Noirs marchant tout seuls au milieu de l'océan avec l'homme blanc devant eux, j'avais beaucoup ri.

J'avais également une photographie de moi à côté d'une femme énorme qu'on avait rencontrée un jour. Nous étions quatre ce jour-là, et chacun de nous a voulu se faire photographier à côté d'elle en lui tenant la taille. C'était moins comique que les porteurs noirs, mais c'était drôle quand même parce que la femme et moi, on souriait tous les deux comme si on s'aimait. Sauf qu'en réalité elle et moi on ne souriait pas pour les mêmes raisons.

J'avais une autre photographie que le vrai Giovanni avait laissée accrochée avant de débarquer, et je l'avais gardée. Elle représentait un autobus rouge roulant dans la campagne. Et puis j'avais un cendrier fixe. C'était une boîte qui avait contenu des fusibles, et que j'avais fixée à la cloison. Au-dessus du cendrier, il y avait la photographie d'une fille tirant de l'eau d'un puits. Elle portait une robe ancienne, ses épaules et ses chevilles étaient nues. Il y avait des collines au fond qui étaient dans le brouillard. Quand je posais une cigarette dans le cendrier, la fumée montait devant la fille. Alors on aurait dit que le brouillard était descendu des collines jusqu'à elle.

Je n'avais plus envie de rester là pour attendre mon quart. J'ai décroché ma montre et je me suis assis au bord de la couchette. Giovanni a ouvert les yeux et il m'a regardé. Bocchi a ouvert son rideau et, quand il a vu que Giovanni était réveillé, il lui a parlé. Il lui a demandé comment ça allait et s'il allait monter au quart avec nous. Il lui a dit qu'il pouvait venir sur l'aileron avec lui. Giovanni remuait la queue pendant que Bocchi lui parlait. Et de la couchette au-dessus de celle de Bocchi, Schaaf a aussi sorti la tête, et il s'est mis lui aussi à parler à Giovanni. Il lui a dit les mêmes choses stupides que Bocchi. J'étais en dessous de tous les deux, j'écoutais tout ça et je voyais la queue de Giovanni bouger. On avait l'impression, à les entendre, que c'étaient eux qui s'occupaient de Giovanni, qui le soignaient et qui nettoyaient quand il avait chié quelque part. Schaaf lui parlait encore plus stupidement que Bocchi. Puis tout doucement j'ai compris que les mots de Schaaf s'adressaient à Bocchi. Il parlait à Giovanni, mais je venais de comprendre que c'était Bocchi qui était visé. Il se foutait de lui à travers Giovanni. Pauvre petite maman de Bocchi, tout le monde manquait de bonté à bord.

À propos de Schaaf, il dormait les yeux ouverts. C'est Mayer qui l'avait découvert un jour. Il nous avait appelés et on s'était hissés pour le voir. Schaaf était allongé sur le dos dans sa couchette, les yeux grands ouverts, sans expression, et Mayer lui avait demandé alors si c'était vrai que sa mère était une putain. C'était étrange d'entendre dire cela à quelqu'un qui avait les yeux ouverts, et cependant qui ne réagissait pas. C'était vraiment très étrange.

J'ai mis la montre à mon poignet, j'ai pris un biscuit de mer et je suis sorti du poste. Giovanni aussitôt s'est levé et m'a suivi. Je l'ai aidé à monter l'escalier. Les marches métalliques n'étaient pas pratiques pour lui, il glissait dessus. Il lui arrivait de rester les pattes de devant sur une marche et celles de derrière sur la marche de dessous, et de ne plus oser bouger. Et on pouvait toujours l'appeler, il restait comme ça, en regardant en haut de l'échelle. Alors il fallait le tirer par le collier.

J'ai remonté la coursive vers l'arrière et je suis sorti à tribord. Dehors, il y avait la même lumière voilée que dans la coursive. Un peu moins orangée seulement parce que la lune était blanche.

J'ai voulu aller à l'arrière, mais j'ai entendu qu'on y discutait, alors je suis resté là. Un moment debout, puis je me suis assis contre le roof. Il avait gardé la chaleur de l'après-midi et j'ai eu chaud dans le dos. Giovanni est allé voir du côté des voix. Il est vite revenu et il s'est couché à côté de moi. J'ai mangé mon biscuit de mer, ensuite je me suis allumé une cigarette. Je l'ai fumée en attendant que les types à l'arrière s'en aillent, parce que j'aimais bien être seul à l'arrière. J'entendais les machines, l'eau contre la coque et les voix à l'arrière. Et de temps en temps une voix qui provenait de la passerelle.

C'est drôle, mais je n'avais jamais la même impression ici à tribord qu'à bâbord. Pourtant ce qu'on voyait était pareil des deux côtés, c'était toujours la mer. Mais j'avais une impression différente et je ne savais pas pourquoi. À tribord, quand je regardais devant moi, je sentais que nous étions au large et que tout était vaste. Et j'avais en plus l'impression d'être à l'extérieur du bateau et de faire partie du large. Mais quand je voyais la mer depuis bâbord, elle me paraissait moins vaste, et là, je faisais partie du bateau. J'ai compté à mi-voix mes cigarettes, et je n'en avais plus beaucoup. Giovanni a cru que je lui parlais et il a levé la tête. Je lui ai demandé ce qu'il voulait. Il m'a regardé et je lui ai demandé pourquoi il n'allait pas dormir avec Hatt, ou Mayer ou Lining, et pourquoi j'avais tous ces embêtements avec lui. Sa langue pendait et des gouttes de salive sont tombées sur moi. Je l'ai poussé et je me suis essuyé. Il a voulu revenir et je l'ai retenu avec le pied. Il m'a regardé en clignant des yeux. Ma chaussure appuyait sous son cou pour l'empêcher de revenir. Alors au bout d'un moment il a compris et il s'est assis, mais j'ai gardé mon pied appuyé contre son cou pour le garder à distance. Et j'ai été triste soudain. Sans m'en rendre compte je m'étais mis à penser au vrai Giovanni. Alors j'ai replié ma jambe pour laisser s'approcher Giovanni. Il a posé sa tête sur ma cuisse. J'ai fermé les yeux et j'ai pensé que le pire des embêtements que j'avais avec lui, ce n'était pas de le soigner et de nettoyer quand il avait chié dans les coursives, c'était de me sentir coupable à cause du vrai Giovanni.

Tout d'un coup, j'ai eu une idée que j'ose à peine dire parce que tout simplement elle était ridicule. J'en ai même souri et j'ai dit à Giovanni qu'à cause de lui j'avais des idées ridicules.

Là-dessus j'ai entendu les gars arriver de l'arrière en discutant. Ils sont passés devant moi en enjambant Giovanni et sont allés vers l'avant. Ils se sont arrêtés sous l'aileron de la passerelle, se sont accoudés aux filières et ont parlé entre eux. Je ne voulais pas donner l'impression d'avoir attendu pour prendre la place à l'arrière, je suis resté assis où j'étais encore un moment. L'un d'eux s'est retourné vers moi et m'a demandé si j'avais une cigarette. Je lui ai répondu en touchant mes poches que je les avais laissées dans le poste. Un instant après je me suis relevé et je suis allé à l'arrière m'asseoir sur le chaumard. Je me mettais souvent là, je tournais le dos au bateau et, lorsque je restais assez longtemps, je pouvais dire ce que valait celui qui était à la barre. C'était assez simple. Si le sillage était une ligne droite pendant plus d'un quart d'heure, c'est qu'il était habile. Si ce n'était pas une ligne droite, c'est qu'il ne valait rien comme barreur. Mais peut-être aussi qu'il valait quelque chose, mais qu'il discutait tout en barrant, et que ça l'empêchait de se concentrer sur le compas.

Nous devions avoir fait une vingtaine de milles au moins, parce qu'on ne voyait plus les lumières de la côte. Giovanni s'était couché contre le chaumard. Un instant après il s'est relevé et m'a regardé.

– Qu'est-ce que tu veux ? je lui ai demandé.

En entendant ma voix il a remué la queue. J'ai continué à lui parler pour la voir faire des vrilles.

– Hein, Giovanni, qu'est-ce que tu veux ?

Il a fait les vrilles avec sa queue, et il s'est mis en plus à aboyer. Il voulait que je me lève pour courir avec lui sur la plage arrière. Nous le faisions quelquefois quand nous étions à quai. Mais là, en mer, ça me faisait peur. Je craignais toujours de glisser et de tomber par-dessus bord, et de mourir en voyant les feux du bateau s'éloigner. Giovanni continuait d'aboyer pour que je me lève. Finalement, comme je ne bougeais pas, il s'est assis, mais il a continué à me regarder, et sa queue à bouger, comme si elle balayait le pont.

Cette idée ridicule de tout à l'heure est revenue, celle concernant le vrai Giovanni. Je ne sais pas pourquoi, mais elle m'a paru moins ridicule cette fois. Je me suis redemandé pourquoi le vrai Giovanni n'écrirait pas à son chien ? Il mettrait Giovanni sur l'enveloppe, le nom de notre bateau et l'adresse de l'arsenal, et c'est naturellement à moi qu'on donnerait la lettre. J'en étais certain. Dedans il aurait écrit des expressions qu'il avait l'habitude de lui dire quand ils étaient ensemble à bord. Uniquement ces expressions. Qui peut dire alors que Giovanni ne s'en serait pas souvenu si je les lui avais lues ? Il aurait eu l'impression d'avoir devant lui le vrai Giovanni, et ça l'aurait rendu heureux. Et moi, par la même occasion, je me serais senti moins triste et moins coupable en pensant au vrai

Giovanni. C'était loufoque, mais personne ne peut assurer que ça l'était complètement.

Un peu après le vent s'est levé. Il est arrivé de l'ouest tout d'un coup et il a forci. Giovanni est venu se coucher du côté protégé du chaumard. Ma vareuse s'est gonflée. Je me suis dit que je ferais bien d'aller manger un autre biscuit de mer pour me caler le ventre tout de suite, et d'en emporter plusieurs à la passerelle pour le quart. Ils n'avaient pas beaucoup de goût pour des biscuits et ils donnaient soif, mais ils étaient consistants. Tout le monde à bord s'en servait pour se remplir le ventre rapidement. Je ne le savais pas au début. J'avais souvent eu l'impression, en vomissant l'estomac vide, que l'intérieur de mon corps allait sortir par ma bouche et que j'allais mourir. C'était une douleur effrayante.

Il était bientôt minuit, et la houle a commencé à se former quand j'ai quitté l'arrière pour redescendre dans le poste. Giovanni marchait de travers dans la coursive, et moi je m'appuyais aux cloisons. Je n'avais pas encore la nausée, mais j'étais pressé d'aller manger d'autres biscuits. L'odeur du gas-oil était forte, et je commençais à avoir beaucoup de salive dans la bouche.

Giovanni a failli tomber en descendant l'échelle du

poste. Hatt la montait à ce moment-là, il a réussi à le rattraper et il lui a dit de faire attention. Hatt montait au quart toujours un peu avant nous parce qu'il avait davantage de consignes à prendre. Je trouvais que c'était bien d'être du même quart que Hatt parce qu'il était le plus ancien dans le poste. Ainsi j'avais les mêmes heures que lui pour dormir. Personne n'osait faire de bruit. Tout le monde faisait attention au sommeil de Hatt parce qu'il était le plus ancien, et j'en profitais.

Je me suis assis au bord de ma couchette et j'ai mangé deux autres biscuits de mer. J'avais l'estomac calé. Mais j'avais soif à présent. J'ai mis quatre autres biscuits dans la poche pour le quart. Je me suis demandé si j'aurais des messages à envoyer cette nuit, ou si on m'enverrait veiller sur l'aileron. J'aimais mieux être sur l'aileron, même s'il y faisait plus froid et si on devait rester debout. Au moins là j'étais dehors. Et puis la nuit, ce n'était pas difficile de surveiller la mer. On ne se fatiguait pas la vue. Quand il y en avait, les lumières des autres bateaux se voyaient de loin. Il suffisait d'avoir les yeux ouverts.

Et la nuit sur l'aileron, il y avait de temps en temps des discussions intéressantes. Elles l'étaient encore plus quand le lieutenant avait envie de s'y mêler. Nous l'écoutions en hochant la tête dans la nuit. Nous étions souvent d'accord avec lui. Même à propos des plats que nous aimions manger. Je ne sais pas pourquoi mais nous parlions souvent de la nourriture pendant la nuit. Mayer avait demandé une fois au lieutenant si, au carré des officiers, ils mangeaient la même chose que nous. Le lieutenant lui avait répondu oui et qu'il n'y avait pas de raison pour qu'ils mangent autre chose que l'équipage. Mais on ne l'avait pas vraiment cru. Les ingrédients étaient peut-être les mêmes, mais la façon de les préparer ne l'était probablement pas. Le lieutenant avait vu qu'on ne le croyait pas vraiment et il avait ri. Mayer lui avait demandé ensuite si, quelquefois, le commandant mangeait au carré avec eux. Il nous avait répondu que ça arrivait. Mais nous avions aussi des sujets de discussion plus sérieux que les plats, surtout quand le lieutenant était là avec nous sur l'aileron. Nous aimions avoir son avis sur tout.

Il était l'heure, et je suis monté prendre mon quart. Dans la première coursive, la porte des lavabos claquait à cause du roulis. Giovanni a eu peur et il n'a pas osé entrer avec moi. J'ai bu dans ma main autant que j'ai pu. Ensuite je me suis regardé dans la glace et je suis ressorti. Giovanni marchait devant moi en allant d'un coin à un autre des coursives, toujours à cause du roulis. Nous croisions ceux du premier quart qui descendaient se coucher.

La passerelle était plongée dans le noir. Il n'y avait que la faible lampe rouge au-dessus de la table à cartes, et le compas lumineux du barreur. Giovanni est sorti sur l'aileron le plus proche. Je suis resté dans un coin à l'entrée de la passerelle en attendant que mes yeux s'habituent à l'obscurité. Le second maître Glass est arrivé à son tour. Il est passé devant moi sans voir que j'étais là et il est allé directement vers le lieutenant.

J'ai commencé à distinguer les formes. Maintenant je voyais bien le barreur, et le dos et les coudes de Meschini. Il m'attendait pour s'en aller, mais je ne voulais pas le relever tout de suite. Je voulais aller respirer l'air dehors. Je suis passé derrière le barreur et j'ai pu sortir sur l'aileron à bâbord sans que Meschini me voie. Peu après Bocchi est arrivé pour relever le veilleur du premier quart. Ils se sont parlé un instant, et le veilleur est parti. Bocchi m'a demandé si j'allais passer le quart ici avec lui et je lui ai répondu que je voulais seulement prendre l'air avant de relever Meschini. Il m'a demandé où était Giovanni et je lui ai répondu qu'il était probablement à tribord. J'ai sorti la tête hors de l'aileron. Le vent m'a coupé le souffle, mais il m'a fait du bien. L'air que j'avalais était plein d'humidité et de sel. Bocchi s'est coincé dans un angle et a commencé son quart. Il a fait face à l'avant et n'a plus bougé. C'était un bon veilleur, plus sérieux que la plupart d'entre nous. J'avais déjà passé beaucoup d'heures et beaucoup de nuits ici avec lui. Il veillait toujours très bien. Il ne cherchait pas d'amitié, ici. Il n'offrait pas de cigarettes à tort et à travers. Ici, sur l'aileron, il était digne. Parfois je me pensais : petite maman de Bocchi, regarde-le ici sur l'aileron tandis qu'il veille, plutôt que dans le poste. Tu seras moins malheureuse.

J'avais bien respiré dehors. Je suis rentré dans la passerelle pour relever Meschini. Il a retiré ses écouteurs dès qu'il m'a vu. Il les a posés sur la planche des messages et il s'est levé. Il m'a dit qu'il n'y avait rien à envoyer pour le moment. Il m'a dit aussi qu'il était fatigué et qu'il était content d'aller dormir. Puis il est parti. Ce que j'aurais donné pour être à sa place ! Je me suis assis et j'ai regardé à ma gauche pour voir qui était le barreur cette nuit. C'était Dedeken. Il barrait debout et le cadran du compas l'éclairait légèrement.

J'ai posé devant moi mes cigarettes et mes biscuits,

j'ai allumé ma petite lumière rouge et j'ai mis les écouteurs. Je n'avais rien à préparer, le crayon était taillé et il y avait suffisamment de papier sur la planche. Meschini avait dessiné des lignes de triangles et de carrés en haut sur la première feuille. J'ai tracé un trait en dessous, j'ai posé le crayon entre les cigarettes et la planche, et puis j'ai eu envie de parler. J'ai retiré mes écouteurs et j'ai demandé à Dedeken comment ça allait. Il m'a dit qu'il était fatigué, et je lui ai répondu que moi aussi je l'étais, et que ça allait être long jusqu'à quatre heures. J'ai attendu qu'il reprenne sur un autre sujet. Mais il surveillait l'aiguille du compas, et il restait silencieux. Je lui ai demandé quel cap nous suivions. Il a regardé le cadran et il m'a dit au 270. Rien de plus. J'ai remis les écouteurs et j'ai regardé devant moi.

L'officier en second et le lieutenant étaient sous la lumière rouge qui leur éclairait les épaules. Hatt se trouvait près d'eux et avait les deux mains sur la table à cartes. Le second maître Glass est venu lui parler et Hatt lui a fait oui avec la tête. Glass entamait son tour de passerelle pour voir si tout le monde était là. C'était à peu près tout ce qu'il ferait cette nuit, à part refaire un tour vers le milieu du quart.

L'officier en second a quitté la passerelle, et le lieutenant a dit assez fort pour que chacun de nous l'entende qu'il prenait le quart. Là-dessus Giovanni est venu se coucher contre les pieds de mon siège. Un moment après, le second maître Glass s'est approché et il a failli lui marcher dessus.

– T'es là, Giovanni, il lui a dit.

C'est drôle, mais tout le monde disait tout le temps les mêmes choses à Giovanni. J'ai demandé à Glass s'il y aurait du travail pour moi cette nuit, des messages à envoyer. Il m'a dit qu'il n'en savait rien, et il m'a pris une cigarette. Je lui ai demandé si, dans ce cas, je ne pouvais pas basculer la radio sur le haut-parleur et aller veiller dehors avec Mayer ou Bocchi. Il m'a répondu que je devais voir ça avec le lieutenant. Je lui ai demandé s'il voulait bien lui en parler. Il m'a dit qu'il verrait et j'ai compris qu'il n'en ferait rien. Il m'a demandé du feu et il est parti fumer ma cigarette sur l'aileron de Mayer.

J'ai remis les écouteurs et je n'ai rien fait pendant une dizaine de minutes, tournant uniquement le crayon dans mes mains. Ensuite j'ai essayé de dessiner les porteurs noirs de mémoire. Pour le premier, ça a été, mais j'ai commencé à avoir mal au cœur pendant que je dessinais le second et j'ai tout de suite arrêté. J'ai pris la moitié d'un biscuit de mer et je l'ai mangée en fermant les yeux. J'ai eu de la chance parce que c'est parti aussitôt, d'un seul coup, je n'ai plus eu la nausée. Giovanni a senti le biscuit et il en a voulu. Il s'est redressé, m'a regardé, et il a appuyé sa tête sur ma cuisse. Je lui en ai donné un peu parce que j'étais content de ne plus avoir mal au cœur. Il l'a avalé sans le mâcher. J'ai froissé le dessin que j'avais commencé et je l'ai jeté sous la table. Giovanni voulait encore manger du biscuit. Je lui ai dit d'aller voir Bocchi dehors et de lui en demander. Je le lui ai dit plusieurs fois sur un ton différent pour me passer le temps. Je le lui ai même dit une fois sur le ton neutre d'un message radio. Ma voix résonnait dans ma tête à cause des écouteurs sur mes oreilles. On aurait dit qu'elle ne sortait pas de ma bouche, mais montait directement dans la tête. J'avais l'impression de me parler. Quand Giovanni a compris qu'il n'aurait plus de biscuit, il s'est recouché contre les pieds de mon siège.

J'avais envie de regarder ma montre pour voir comment le temps passait cette nuit. Mais j'ai pensé que c'était trop tôt encore, et que j'allais certainement être déçu. J'ai repris le crayon. J'ai essayé de le faire tenir en équilibre sur un doigt, mais il tombait tout le temps. Ensuite, sans réfléchir je me suis mis à le mâchonner.

Mais je me le suis tout de suite retiré de la bouche parce que Meschini devait faire pareil, il devait le mordre aussi pour se passer le temps.

Je me suis souvenu du cap que Dedeken m'avait donné et j'ai pensé que, si on le suivait jusqu'à cinq heures cette nuit, le soleil se lèverait derrière nous. Je ne sais pas pourquoi j'ai pensé à ça, étant donné qu'à cette heure-là mon quart serait fini, et que je dormirais. Ensuite pendant un moment j'ai pensé à la fille devant le puits, sur la photographie. Là, je savais pourquoi, parce que j'aurais aimé vivre avec elle. Puis ayant épuisé cette pensée-là, j'ai regardé dehors. Les vitres de la passerelle étaient sombres comme si on avait refermé dessus les panneaux de sabord. Par la porte de l'aileron, je voyais les silhouettes de Mayer et du second maître Glass. Au lieu de faire son travail, Glass passait son temps avec Mayer sur l'aileron et ils fumaient des cigarettes ensemble. J'aurais aimé être Mayer le temps du quart, passer la nuit à l'air comme lui, puis redevenir moi quand on descendrait se coucher.

À un moment ça a été plus fort que moi, j'ai sorti ma montre, et j'étais persuadé que j'allais être déçu. Mais je ne l'ai pas été, car une heure était déjà passée. J'ai terminé le biscuit entamé. Je le mâchais encore quand le lieutenant s'est approché et m'a parlé. J'ai sursauté et j'ai repoussé les écouteurs. Il m'a dit que maintenant je pouvais basculer la radio sur le haut-parleur et aller veiller avec Bocchi. J'ai posé les écouteurs et j'ai basculé la radio. J'ai mis les biscuits dans ma poche et je me suis levé en faisant attention de ne pas réveiller Giovanni. Puis comme j'étais content d'aller sur l'aileron, j'ai cassé un morceau de biscuit et je l'ai posé devant lui pour qu'il le trouve en se réveillant.

Je suis passé derrière Dedeken et j'ai regardé un instant l'aiguille du compas pour voir quel genre de barreur il était. L'aiguille partait à gauche et à droite, elle oscillait tout le temps, mais Dedeken la ramenait facilement sur le cap. Il allait faire ça encore pendant trois heures et je l'ai plaint. Il m'a demandé ce que je faisais. Je lui ai expliqué que j'allais veiller avec Bocchi parce qu'il n'y aurait pas de messages à envoyer cette nuit. Il m'a dit que j'avais de la chance. Ça m'a fait plaisir que quelqu'un me dise que j'avais de la chance, et je lui ai offert une cigarette. Il l'a levée devant ses yeux pour en voir la marque et l'a posée sur le compas.

Je n'ai pas osé aller voir la route tracée sur la carte parce que Hatt était devant. Ce que je voulais c'était qu'elle soit la même jusqu'à la fin du quart, malgré la houle de travers qui provoquait tout ce roulis. C'était gênant, le roulis, on se cognait partout et on risquait de tomber, mais c'était préférable au tangage qui me donnait mal au cœur même avec beaucoup de biscuits dans le ventre. J'ai demandé à Dedeken ce qu'il savait à propos de la route, s'il pensait qu'elle allait changer. Il a haussé les épaules et m'a dit qu'il ne le savait pas, mais qu'il aurait bien aimé en tout cas changer de cap pour avoir quelque chose à faire. Je lui ai dit que moi je ne l'espérais pas, et je suis sorti sur l'aileron.

Le vent et la fraîcheur m'ont fait du bien. Il faisait plus clair ici que dans la passerelle, grâce aux feux de mât et un peu à la lune. Je suis allé dans l'angle de l'aileron et j'ai coincé mon épaule derrière le compas.

Bocchi n'avait pas bougé depuis tout à l'heure. Il faisait toujours face à l'avant. Il appuyait sa poitrine contre l'aileron et on aurait dit qu'il dormait. Mais sa nuque était droite, ce qui prouvait qu'il ne dormait pas. Et qu'il veillait avec la même attention qu'au début du quart. Sûrement qu'il faisait aussi une partie du travail de Mayer, car de là il pouvait voir une grande étendue du large à tribord.

Je regardais sa nuque, et je me demandais à quoi

il réfléchissait en ce moment. Quand on veillait, on arrivait tous à faire plusieurs choses en même temps. Pour moi par exemple, discuter, ou bien fumer, ou bien réfléchir. Et sûrement encore d'autres choses dont je ne me souviens pas. Rien de tout ça n'empêchait de voir les feux d'un navire, du moment qu'on ouvrait les yeux.

Bocchi a senti ma présence et s'est retourné.

– Alors ? je lui ai demandé.

– Rien vu, il m'a répondu avec un peu de tristesse parce qu'il aimait annoncer au lieutenant la position d'un navire et sa route.

Et même parfois il pensait pouvoir estimer son tonnage au vu des feux. Il y avait souvent quelqu'un qui lui demandait alors : et quoi encore, Bocchi ? Ou bien : quelle couleur la coque, Bocchi ? C'était souvent Mayer qui se foutait de sa gueule ainsi. Le lieutenant n'aimait pas ça, et pour le montrer il répondait toujours à Bocchi que c'était du bon travail. Il conseillait ensuite à Mayer d'en faire autant. Mayer lui répondait qu'il n'avait pas d'aussi bons yeux que Bocchi. Alors le lieutenant disait : ça suffit, Mayer ! Plus tard dans le poste, Mayer disait à Bocchi : tu en as vu des choses intéressantes ! Sur le moment Bocchi ne répondait rien. Il était gêné maintenant que nous étions entre nous, sans la protection du lieutenant. Il allait se coucher. Mais ce qu'il criait ensuite dans son sommeil, c'était peut-être une sorte de réponse à Mayer.

Bocchi a passé sa main sur son front et ses yeux à cause de la fatigue. Je lui ai dit que je venais veiller avec lui. Il n'a rien dit parce que ça ne changeait pas son travail. Que je sois là ou pas ne faisait pas de différence. Il continuerait à veiller aussi sérieusement.

Il a regardé vers l'intérieur de la passerelle. À ce moment, je me suis souvenu de la cigarette que le second maître Glass m'avait prise tout à l'heure, et j'en ai demandé une à Bocchi pour la remplacer. Il me l'a donnée en me demandant où était Giovanni. Je lui ai dit qu'il dormait à l'intérieur, et je me suis allumé sa cigarette. Elle était de la même marque que les miennes. À peine sortie de ma bouche, la fumée montait au-dessus de moi et disparaissait vers l'arrière.

Bocchi a voulu que j'appelle Giovanni pour qu'il vienne passer le quart avec nous. Je lui ai dit qu'il était bien où il était. Ensuite je me suis retourné pour finir ma cigarette. Mon dos lui faisait un abri contre le vent et lui évitait de se consumer trop vite. J'étais tourné vers l'arrière. Je voyais bien d'ici toute l'amplitude du roulis. La gîte était tout le temps plus impressionnante quand on regardait vers l'arrière. Je voyais aussi notre sillage malgré la nuit, il était phosphorescent, et je pouvais juger de l'habileté de Dedeken. J'avais sous les yeux l'effet de ses coups de barre pour ramener l'aiguille sur le cap. Il s'en sortait bien malgré la houle de travers. J'étais attentif aux mouvements du bateau et à l'effet des biscuits dans mon ventre, et je trouvais que pour le moment tout se passait bien. Évidemment j'avais sommeil, mais le vent me faisait du bien. Il n'était pas trop froid, juste assez pour me tenir éveillé. Mais surtout, les biscuits avaient bien gonflé avec toute cette eau que j'avais bue avant de monter. Pas de nausée, et la cigarette de Bocchi était bonne et me faisait envie jusqu'au bout. Quand un fumeur jetait sa cigarette avant de l'avoir finie, c'est qu'il commençait à avoir mal au cœur. Et s'il ne l'avait même pas allumée, c'est qu'il avait déjà très mal.

Le second maître Glass est venu sur notre aileron et nous a demandé si ça allait. Bocchi et moi avons répondu que ça allait. Il nous a demandé d'ouvrir l'œil et nous avons dit oui. En fait il s'en foutait un peu. Il voulait seulement que le lieutenant pense qu'il faisait son travail. Il ne pouvait pas rester tout le quart sur l'aileron de Mayer et discuter avec lui. Si bien que de temps en temps il faisait un tour et disait un mot à chacun.

Bocchi a commencé à lui demander des renseignements sur notre route. Où on allait. Et combien de temps nous serions partis. Le second maître Glass lui répondait brièvement parce qu'il n'avait pas envie de rester avec nous. Il voulait vite retourner discuter sur l'aileron de Mayer. Puis Bocchi a été à court de questions et Glass en a profité pour s'en aller rejoindre Mayer avant que Bocchi ne trouve d'autres questions. Au moment d'entrer dans la passerelle, il s'est retourné et nous a dit d'ouvrir l'œil, assez fort afin que le lieutenant l'entende. Puis il a traversé la passerelle vers tribord. Alors Bocchi m'a regardé. Il m'a dit qu'il serait capable d'être second maître dans ces conditions, que c'était facile de faire un tour dans la passerelle et sur les ailerons en demandant d'ouvrir l'œil. Je lui ai répondu qu'il avait raison. Il a continué à me dire que c'était tout aussi facile d'être second maître à terre, il m'a expliqué pourquoi, puis il m'a parlé de la solde d'un second maître et je ne l'ai plus écouté. Je lui disais oui quelquefois et je regardais l'intérieur de la passerelle en me demandant si le lieutenant viendrait passer un moment ici avec nous. En tout cas j'étais bien dehors et je n'aurais pas aimé qu'il m'appelle maintenant pour envoyer un message. J'aurais sûrement eu la nausée si j'avais dû rentrer maintenant écrire et lire le message.

Soudain je me suis aperçu que Bocchi s'était retourné et avait recommencé à veiller. Je savais à quoi il allait penser pour passer le temps. Il se verrait second maître pendant le reste du quart. J'ai remonté mon col pour me protéger du vent. J'ai essayé de fermer les yeux, mais je perdais l'équilibre à cause du roulis. Je les ai rouverts et j'ai regardé le ciel et la mer.

J'ai recommencé à penser à la fille devant le puits, puis j'ai laissé tomber. C'était difficile d'avoir de l'imagination le dos contre la paroi métallique de l'aileron, avec le vent et le roulis, la fatigue, le milieu de la nuit et les sombres couleurs du ciel et de la mer.

Afin de passer quand même le temps, j'ai envisagé de changer bientôt les draps de ma couchette et de sortir la couverture sur le pont pour l'aérer. Et pourquoi pas, un de ces jours, penser à revoir entièrement toute l'organisation de ma couchette. Je pourrais tout d'abord acheter un tissu et le tendre contre la coque et derrière ma tête, et en tendre aussi un bout sur la toile de Bocchi au-dessus de moi. Ce serait sans doute plus agréable d'avoir sous les yeux un tissu que j'aurais choisi plutôt que la toile grise et réglementaire des couchettes. Je ne savais pas si quelqu'un l'avait déjà fait dans le poste.

J'avais souvent des projets pour ma couchette, surtout pendant les quarts de nuit lorsque je n'avais rien à faire. Mais il suffisait que je sois dans le poste et que j'aie le temps de les réaliser pour ne plus en avoir envie. Je trouvais soudain que j'étais déjà bien installé, que les choses avaient changé en mieux depuis que Giovanni ne dormait plus avec moi. Je m'allongeais, et j'étais content de mon installation. Jamais je n'ai réalisé aucun des projets concernant ma couchette.

J'avais mangé trop de biscuits de mer et maintenant j'avais soif. Mais j'étais très content parce que trois heures étaient passées. J'ai à nouveau approché ma montre devant mes yeux pour en être sûr, puis je l'ai remise dans ma poche. La dernière heure de quart était la plus longue, mais c'était la dernière. Je ne devais plus penser à ma soif, mais je ne savais pas comment faire. Surtout que j'avais très envie d'une cigarette, et une cigarette augmente la soif comme de manger un biscuit entier. Alors je me suis dit que je n'allais pas fumer.

Soudain Bocchi m'a montré une direction et il m'a dit qu'il avait vu des feux. Il m'a fait peur parce que j'avais oublié sa présence et qu'à ce moment-là je ne pensais qu'à ma soif. J'ai regardé dans la direction qu'il m'avait indiquée, mais je n'ai rien vu. Finalement Bocchi m'a dit qu'il s'était trompé. Sans doute par déception, il a sorti son paquet de cigarettes et, comme nous nous faisions face, il m'en a tendu une parce qu'il s'est senti obligé. Je l'ai prise sans réfléchir, je l'ai allumée et j'ai eu tout de suite encore plus soif. Nous avons fumé un peu ensemble et Bocchi a repris sa veille. Je me suis forcé à terminer sa cigarette et, à la fin, je n'ai plus eu de salive. Je ne pouvais plus attendre d'être relevé pour aller boire. Une heure encore, c'était trop long. Je suis rentré dans la passerelle et j'ai cherché le lieutenant des yeux.

Je n'ai vu que Dedeken, debout derrière la barre, la tête penchée vers le compas. Je ne voyais pas ses yeux. Il donnait l'impression de dormir. Personne d'autre que lui dans la passerelle. Le lieutenant, le second maître Glass, Hatt et Mayer, tous étaient sur l'aileron à tribord. Ils discutaient et j'aurais aimé être là plutôt qu'à bâbord tout seul avec Bocchi. C'était une chance de pouvoir discuter pendant le quart. Le temps se raccourcissait et on ne retournait pas sans arrêt les mêmes pensées.

Je me suis approché, mais je n'ai pas franchi la porte de l'aileron. J'ai demandé au lieutenant si je pouvais descendre boire parce que j'avais soif. C'était

Hatt qui parlait à ce moment-là et il s'est arrêté. Le lieutenant m'a répondu oui. Et toujours histoire de faire semblant de travailler, le second maître Glass m'a dit de faire vite.

Ma voix avait dû réveiller Giovanni, parce qu'il m'a rejoint sur l'échelle. Je l'ai aidé à descendre et je lui ai demandé s'il avait bien dormi. Je savais que c'était une question stupide, comme toutes celles que tout le monde lui posait. Mais j'étais content d'aller boire, et que ce soit bientôt la fin du quart. Dans peu de temps j'allais dormir et j'étais d'humeur à lui parler.

– Alors, Giovanni ?

En bas de l'échelle, il a couru jusqu'au fond de la coursive et il est revenu. Il m'a touché la jambe et il est reparti. Je lui ai dit :

– Giovanni, maintenant je voudrais que tu arrêtes de chier n'importe où.

Arrivé au bout de la coursive, je lui ai dit :

– Si tu chiais par-dessus bord, on ne m'appellerait plus pour nettoyer.

C'étaient des blagues, mais il était content de m'entendre parler. Ça lui était égal que ce soit pour lui dire ce genre de stupidités. J'ai pensé pour plaisanter que ça lui rappelait peut-être le vrai Giovanni, qu'il lui parlait toujours avec bonne humeur, comme moi à cet instant, et que c'était pour ça qu'il agitait autant la queue.

Nous avons descendu une autre échelle, et, dans la coursive des lavabos, j'ai arrêté de lui parler. Il s'est tenu tranquille à côté de moi. La porte claquait encore et il m'a attendu dehors. J'ai choisi un lavabo dont l'ampoule au-dessus de la glace était cassée. Je préférais toujours me voir dans une glace sans lumière. Je trouvais mes traits plus réguliers, et la nuit j'avais moins l'air fatigué. J'ai commencé à boire dans ma main. L'eau n'était pas fraîche, mais je l'ai trouvée bonne. J'ai bu un long moment, ensuite je me suis mouillé le visage. Je voulais lui effacer un peu de la fatigue du quart avant de me regarder dans la glace.

Alors le quartier-maître mécanicien est entré. J'ignorais son nom. Je le croisais quelquefois, et je savais seulement qu'il était mécanicien. Nous ne nous étions jamais parlé. J'ai tout de suite compris qu'il était malade. Il avançait maladroitement et son visage était blanc. Il s'est arrêté à deux lavabos du mien et il a vomi aussitôt. Le bruit qu'il a fait m'a dégoûté, j'ai cru un instant que j'allais être malade moi aussi, et j'ai eu envie de partir. Mais je n'ai pas osé, j'ai pensé que, si je partais maintenant, il pouvait le prendre mal. J'ai penché la tête vers le robinet et j'ai fait semblant de boire. Le mécanicien faisait un bruit dégoûtant à côté de moi. Il n'avait plus rien à vomir. Son estomac vide se contractait. Il se raclait la gorge. Il cherchait tout au fond de son estomac quelque chose qui n'y était plus. Finalement je l'ai plaint. Mais je n'osais toujours pas m'en aller. Je continuais à faire semblant de boire pour ne pas le provoquer. Mais je commençais à avoir réellement mal au cœur. Finalement j'ai pris le risque de m'en aller. J'ai fermé le robinet. Mais en me redressant je me suis tourné de son côté et j'ai croisé son regard. Je lui ai souri pour lui montrer que je le comprenais.

– Quoi ? il a grogné.

J'ai compris qu'il avait mal interprété mon sourire, qu'il le prenait pour du mépris, pour cette espèce de supériorité de ceux qui n'ont pas le mal de mer sur ceux qui l'ont. J'ai baissé les yeux et je suis resté silencieux. Je ne voulais pas faire d'histoires. J'ai rouvert le robinet et je me suis forcé à boire. Il a quitté son lavabo et s'est approché. Il était tout près de moi à présent, et je ne savais pas quoi faire. Je gardais les yeux baissés et j'avais des frissons dans la nuque. J'ai fermé le robinet. J'ai réussi à le regarder et j'ai voulu m'expliquer, lui dire que je n'avais pas eu l'intention de le blesser, que je le comprenais au contraire, que moi-même j'avais souvent été malade. J'étais même prêt à lui parler de tous les biscuits de mer que j'avais mangés depuis que nous avions appareillé. Mais je n'ai pas eu le temps, son poing m'a touché sous le front. Ma tête est partie en arrière et des éclairs ont jailli. J'ai reculé en relevant mes bras pour me protéger. Il m'a suivi et m'a frappé à la base du nez. Sa tête était effrayante, elle roulait dans tous les sens, et il avait des yeux jaunes. Je lui ai demandé d'arrêter, et de nouveau son poing a jailli, encore sous le nez. Alors tout est devenu blanc autour de moi. J'ai agrippé le bord d'un lavabo et je suis tombé. Les jambes du mécanicien se sont rapprochées. Je tenais encore le bord du lavabo d'une main. Il était froid et dur, et j'avais la sensation qu'il était très solide, et qu'à la seconde où je le lâcherais plus rien ne me protégerait. Tout ce que je voyais, c'étaient la manche de ma vareuse et les pantalons graisseux du mécanicien. Soudain j'ai eu envie de m'y agripper et de les embrasser. Je voulais embrasser ces pantalons souillés et les supplier de me laisser partir, leur demander pardon et pleurer amèrement. Mais surtout leur demander pardon. Puis le mécanicien s'est éloigné, et j'ai entendu l'eau couler d'un robinet. J'ai fermé les yeux, et de ma main libre j'ai touché mon front et mon nez.

C'est à ce moment-là que j'ai commencé à avoir mal. J'ai lâché le bord du lavabo, j'ai serré mes mains entre mes jambes, je n'ai plus pensé qu'à ma douleur, et brusquement je me suis entendu gémir. Ça arrivait par saccades, comme ma respiration. De tout petits sons misérables à chaque fois que j'aspirais l'air. Soudain le mécanicien s'est retourné. Ses yeux ont parcouru les cloisons autour de nous, se sont posés sur moi. Il m'a demandé de la fermer. J'ai fait oui de la tête. Mais au lieu de se calmer, il a marché vers moi, et j'ai eu cette peur affreuse. Quand le mécanicien a été tout près, j'ai ouvert la bouche pour lui parler. Mais j'ai vu ses yeux jaunes et je n'ai pas prononcé un mot. Il a avancé le pied vers moi, il a secoué la tête, puis il a tourné les talons et il est ressorti dans la coursive.

J'ai agrippé le bord du lavabo pour me relever. Celui-ci avait une ampoule, et en me redressant j'ai bien vu mon visage. Il n'était pas trop enflé, mais j'avais du sang sous le nez et sur la bouche. J'ai passé de l'eau dessus, et le sang a commencé à s'en aller. Mes mains tremblaient chaque fois qu'elles touchaient ma peau. Ça me lançait et c'était brûlant. J'ai changé de lavabo pour ne plus avoir la lumière de l'ampoule au-dessus de moi. J'ai ouvert l'eau, j'ai mouillé le bas de ma vareuse et m'en suis servi comme d'une serviette. Puis, de nouveau je me suis regardé.

Je n'ai pas entendu Giovanni arriver, il m'a fait peur quand il a essayé de soulever mes mains avec son museau. Je lui ai dit de foutre le camp. Il a fait un tour sur lui-même en aboyant et il est revenu à la charge. Il a posé ses pattes sur mes genoux et j'ai perdu l'équilibre. Je suis tombé, me suis relevé et je l'ai frappé. Il a reculé et il est allé s'asseoir dans le coin des lavabos opposé au mien. Je me suis accroupi et j'ai reniflé. Du sang est passé dans ma bouche. Je l'ai craché et j'ai regardé devant moi.

Je ne voulais plus me souvenir que j'avais voulu embrasser les pantalons graisseux du mécanicien. J'ai posé ma tête dans mes mains et j'ai fermé les yeux. Il a fait noir et le roulis m'a bercé.

Longtemps après j'ai relevé la tête. Giovanni m'observait. Il était toujours assis dans l'angle en face de moi.

– Sors de là, je lui ai dit, fous le camp !

Il s'est redressé et a continué à m'observer. Je me suis levé. Je suis allé vers lui, je l'ai soulevé par le cou en le coinçant contre la cloison, et j'ai serré mes mains. Il a ouvert la gueule toute grande, et il s'est mis à suffoquer. Ses pattes arrière ont cherché le sol, mais j'ai tenu bon. Celles de devant ont cherché mes bras pour les griffer. Il était lourd au bout de mes bras, mais la cloison m'aidait à le tenir. Il poussait des grognements avec le fond de sa gorge, et ses yeux roulaient vers le plafond.

Quand j'ai eu trop mal aux bras, je l'ai lâché. Puis je suis allé boire. Devant moi la glace du lavabo ressemblait à un trou et je voyais mon visage tout au fond, dans une sorte de lointain. J'ai fait couler l'eau sur ma nuque un moment. Puis je suis retourné m'accroupir dans l'angle en face de Giovanni.

Quelques minutes ont passé et il s'est assis sans me quitter des yeux, depuis son angle à lui. À présent ça m'était égal qu'il reste là. Il clignait des paupières comme si la lumière le gênait.

J'avais moins mal. J'étais fatigué, mais il me semblait que je n'avais plus sommeil. J'ai pensé au second maître Glass et au lieutenant. Bientôt ils enverraient quelqu'un pour me chercher. Malgré cela je me suis assis et j'ai posé la tête contre la cloison. Peu après Giovanni est venu. Il s'est avancé doucement, et en ondulant à cause du roulis. Il s'est couché à côté de moi sans me quitter des yeux.

J'ai dormi un peu et j'ai rêvé. J'étais assis sur une planche, elle-même posée sur un seau rempli d'eau. Je noyais des chiots qui venaient de naître. Je sentais leurs museaux appuyer sous la planche pour la soulever. Ils étaient pleins de vie et ils cherchaient désespérément de l'air. Je tenais bon sur la planche, et en même temps je disais au lieutenant que c'était impossible, que les rêves se passent en une fraction de seconde seulement, comme il l'avait prétendu une fois. Car les chiots étaient dans l'eau depuis plus d'une minute maintenant, et ils n'étaient pas encore morts. Cette discussion sur la durée des rêves, nous l'avions réellement eue une nuit sur la passerelle.

Quand je me suis réveillé, je n'ai pas tout de suite pensé au mécanicien et à ce qui venait de se passer. J'ai pensé à ma couchette parce que j'avais encore envie de dormir. Giovanni n'avait pas bougé de place et il se léchait les pattes. Ensuite tout est revenu, je me suis souvenu de tout. Mais je souffrais moins de ce qui était arrivé. Comme si une nuit entière était passée entre ce qui était arrivé et maintenant. Je n'en étais pas sûr, mais il me semblait que, si le mécanicien était revenu à ce moment-là, je n'aurais pas eu très peur. Ce n'était peut-être qu'une illusion. Mais je me souviens que j'étais calme en tout cas, et que j'avais l'impression de pouvoir finir le quart ici, sans craindre de revoir le mécanicien. Pendant un moment j'ai regardé Giovanni se lécher les pattes. Il faisait un bruit lent et régulier avec sa langue.

Mais quand il a cessé de se lécher, j'ai pensé au lieutenant et au second maître Glass. Je me suis levé, et je suis encore allé boire. Puis je suis sorti dans la coursive. Giovanni est passé devant moi, et nous sommes remontés à la passerelle. Au moment d'y accéder, j'ai pensé qu'avec de la chance, ni le lieutenant, ni le second maître Glass ne s'étaient rendu compte du temps qui avait passé.

Giovanni est allé se coucher sous la table à cartes. Je me suis glissé derrière Dedeken. Le second maître Glass était sur l'aileron avec Bocchi. Il m'a tout de suite demandé où j'étais passé et ce que j'avais fait pendant tout ce temps. J'ai répondu que j'avais bu de l'eau. Il n'a pas eu l'air de me croire. Il ne pouvait pas voir les coups sur mon visage dans l'obscurité. Il m'a demandé si je n'étais pas descendu dans le poste pour me reposer et j'ai dit non. Ou si je n'étais pas allé faire un tour sur le pont. J'ai encore dit non. Bocchi nous écoutait en fumant une cigarette. J'ai pris mon paquet et j'en ai offert une à Glass pour qu'il me laisse tranquille. Il l'a prise et il a demandé du feu à Bocchi. Il a tiré plusieurs fois sur la cigarette et il m'a demandé :

– Mais alors qu'est-ce que tu as foutu pendant tout ce temps ?

– J'ai bu aux lavabos.

– Merde, a dit Glass, faudra voir avec le lieutenant, et il est rentré dans la passerelle.

Bocchi m'a regardé. Il a voulu me parler, mais je me suis retourné. Quand le lieutenant est arrivé sur l'aileron, je pensais justement à lui, je préparais mes mots. Il m'a dévisagé un instant, puis il m'a demandé où j'étais allé. J'ai répondu :

– Aux lavabos, lieutenant.

– Non, non, il a dit simplement.

J'ai réfléchi et j'ai dit :

– J'ai été malade.

– Le mal de mer ? il m'a demandé.

J'ai répondu oui. Bocchi s'était retourné vers nous et nous écoutait, et le lieutenant lui a fait signe de s'occuper de ses affaires. Puis il m'a dit qu'il ne me croyait pas pour le mal de mer, et que même si c'était vrai, je n'avais pas le droit de quitter le quart si longtemps de toute façon, que je le savais très bien. J'ai fait oui avec la tête. Il a jeté un œil sur sa montre et il a dit calmement que j'étais parti presque une heure.

Alors j'ai regardé vers l'avant parce que je ne savais pas quoi lui répondre. Le silence durait et je sentais que le lieutenant m'observait. À présent je n'arrivais plus à détacher mon regard de l'avant. J'ai à peine entendu quand le lieutenant a répété que j'étais parti une heure. Mais quand il m'a dit que dans ces conditions je devrais passer devant le commandant, j'ai eu peur, et j'ai eu envie de lui expliquer ce qui était arrivé. Mais Bocchi était là, il était retourné bien sûr, mais il nous écoutait. Je ne voulais pas en parler devant lui. Le lieutenant a continué à m'observer. Puis il m'a dit qu'il aurait préféré m'éviter le commandant, et il est rentré dans la passerelle.

J'ai continué à regarder vers l'avant. La douleur s'en allait tout doucement. J'entendais parler dans la passerelle. C'était la fin du quart et le lieutenant préparait la relève pour le troisième quart. Bocchi m'a dit qu'on allait bientôt dormir et qu'il n'avait pas vu passer le temps, cette nuit.

Puis le lieutenant a appelé Bocchi et lui a demandé de descendre réveiller le troisième quart. Bocchi a quitté l'aileron et je me suis retrouvé tout seul. Et je ne sais pas pourquoi, mais dès le départ de Bocchi, j'ai revu mon visage tout au fond de la glace du lavabo.

Bocchi est revenu vite. Et Schaaf est arrivé peu après. C'est lui qui me relevait. Il avait un quart de café dans les mains. Il s'est assis sur le banc de l'aileron. Il a bu son café en soufflant dessus entre chaque gorgée. Il s'est allumé une cigarette, il a bu encore et il m'a dit que c'était bon, je pouvais partir. J'ai senti l'odeur du café quand je suis passé devant lui. Je suis allé dire au second maître Glass que Schaaf m'avait relevé. Il m'a fait un signe de tête et j'ai quitté la passerelle en évitant de passer devant le lieutenant.

Dans le poste, il y avait cette odeur de sueur et d'aération. J'ai retiré mon pantalon et ma vareuse, et je me suis couché. J'ai fermé le rideau et me suis mis sur le dos. J'ai remonté la couverture, mis les mains sous ma nuque, et j'ai imaginé que nous n'avions pas appareillé hier soir. Mis à part le roulis, je n'ai pas eu beaucoup de mal à me l'imaginer. Voilà, j'étais seul. Tous ceux du poste étaient descendus à terre et Giovanni cherchait la bagarre dans l'arsenal. Je me sentais bien ainsi. Dommage, mais je ne pouvais pas voir en détail la fille devant le puits, je distinguais seulement les contours de la photographie. Mais je me sentais bien quand même, et j'avais chaud sous ma couverture. Soudain j'ai vu les yeux jaunes du mécanicien, et je n'ai pas eu peur. Ici dans ma couchette et dans la solitude du poste, je ne le craignais pas. Même lorsque les yeux se sont approchés et se sont agrandis. Alors j'ai bougé la tête et les yeux du mécanicien ont disparu. Ensuite j'ai fait jouer mes mains au-dessus de moi. Je les reculais et les avançais dans l'obscurité, et je remuais chaque doigt parce que c'était quelque chose que je faisais depuis toujours quand j'étais couché dans le noir.

Mais tout ça s'est arrêté parce que Mayer est descendu du quart, puis Hatt, et Bocchi en dernier. J'ai mis mes mains sous la couverture et je n'ai plus bougé. Ils n'ont pas fait de bruit. Ils étaient fatigués et ils se sont couchés tout de suite. Bocchi s'est déshabillé sur sa couchette. Puis il s'est allongé et il a commencé à bouger. Il a cherché le sommeil assez longtemps, et finalement il s'est endormi.

Peu après j'ai entendu Giovanni descendre l'échelle. Ça lui a pris du temps parce que personne n'était là pour l'aider. Il est venu s'allonger à côté de ma couchette. J'ai respiré lentement, comme si j'étais endormi. J'ai fermé les yeux, mais je n'ai pas dormi. Et lorsque Bocchi a commencé à parler dans son sommeil, j'avais depuis longtemps rouvert les yeux. Quand Bocchi a commencé à parler, j'étais en train de demander au lieutenant de comprendre les choses. Il était devant moi sur l'aileron, et il me demandait lesquelles au juste, et je lui répondais depuis une heure que je préférais les garder pour moi. Bocchi s'est agité et la toile de sa couchette a fait du bruit. Il a parlé de plus en plus fort. Et toujours pareil, un flot de mots qui ne voulaient rien dire. À un moment j'ai eu l'impression qu'il s'énervait. J'ai sorti une jambe de la couverture et j'ai soulevé sa couchette avec le pied. Ça l'a fait taire aussitôt. Et puis tout de suite après il s'est penché et il m'a appelé.

J'ai ouvert le rideau. Je devinais à peine son visage dans la nuit. Il était à l'envers au-dessus de moi. Je voyais un peu ses yeux. Je lui ai demandé ce qu'il voulait.

– Rien, il a dit.

Il est resté comme il était. J'ai remis ma jambe sous la couverture.

– J'ai parlé en dormant ? il m'a demandé à voix basse.

– Oui.

– Longtemps ?

– Non.

– Qu'est-ce que j'ai dit ?

– Ça ne voulait rien dire.

– Il n'y avait pas un mot dedans ?

– Non.

Il a retiré sa tête. Au bout d'un moment je l'ai appelé. Son visage est revenu à l'envers.

– Oui, quoi ?

Je lui ai dit :

– Essaie de dormir, Bocchi !

– Oui.

Il a attendu, puis il m'a demandé :

– Où tu étais tout à l'heure ?

– Dors, j'ai répondu.

Sa voix a baissé :

– Je vais essayer.

Puis sa tête a de nouveau disparu et il s'est rallongé sur sa couchette. J'ai refermé mon rideau, je me suis mis sur le dos et j'ai fermé les yeux. Au bout d'un court moment j'ai demandé à Bocchi à quoi il pensait.

– Je fais une réussite, il m'a répondu.

Je n'ai pas compris.

– Qu'est-ce que tu fais, Bocchi ?

– Une réussite.

– Dans le noir ?

– Oui, mais je l'imagine. Et je prends huit cartes seulement. Par exemple les huit de carré. Je les aligne à l'envers comme une vraie réussite, et je les retourne. C'est pas difficile.

– Merde, tu arrives à faire ça, Bocchi !

– C'est qu'une histoire de mémoire. Celle que je faisais quand tu m'as demandé à quoi je pensais, celle-là est ratée par exemple, parce que j'ai oublié les figures en te répondant.

J'ai réfléchi et je lui ai demandé s'il en faisait aussi pendant le quart pour se passer le temps. Il m'a répondu qu'il n'en faisait jamais pendant le quart.

Pendant un moment on n'a entendu que la respiration de ceux qui dormaient et le bruit sourd de l'aération. Puis quelque chose s'est mis à rouler par terre entre les travées des couchettes. J'ai cherché à deviner ce que c'était. Ça n'était pas très gros, et ça devait posséder des bords ronds pour rouler. J'ai pensé à un crayon. Il y en avait toujours un sur la table pour les joueurs de cartes. Soudain Bocchi m'a dit d'une voix étouffée par l'obstacle de sa couchette :

– Je n'aimerais pas passer devant le commandant.

– Personne n'aimerait ça, j'ai dit.

Puis je l'ai entendu se tourner sur le côté. Les bouts qui tenaient la toile de sa couchette se sont tendus. Une partie de sa main est apparue au-dessus de moi, entre la coque et le bord de sa couchette. Ses doigts touchaient presque le couvercle de mon cendrier.

Soudain le crayon qui roulait entre les travées s'est coincé quelque part, et on n'a plus entendu que l'aération et la respiration de ceux qui dormaient. Curieusement ça m'a fait penser à Schaaf et j'ai demandé à Bocchi :

– Tu savais que Schaaf dormait les yeux ouverts ?

– Schaaf ?

– Oui, regarde-le bien dans les yeux la prochaine fois qu'il dormira, et demande-lui si c'est vrai que sa mère est une putain.

Il a retiré sa main.

– Pourquoi ça, une putain ?

– Ça ou n'importe quoi d'autre, dis-lui quelque chose qui puisse le foutre en rogne, un truc blessant. Eh bien tu verras, il continuera à te regarder sans réagir.

Bocchi s'est mis à rire. Je lui ai dit :

– Et toi ça te soulagera.

Là-dessus nous sommes restés silencieux. J'ai sorti ma montre de la poche de mon pantalon, et je l'ai pendue à son crochet. Je n'ai pas osé regarder l'heure. J'ai ouvert un peu le rideau. Giovanni continuait à dormir au pied de ma couchette. L'éclairage de service descendait de la première coursive jusqu'ici, dans notre poste. Je ne m'en étais jamais aperçu avant cette nuit. Un mince filet qui arrivait par l'échelle et entrait ici.

J'ai refermé le rideau et j'ai essayé de dormir. J'ai fermé les yeux, mais je les ai rouverts tout de suite parce que le poing du mécanicien jaillissait tout le temps.

Je me suis levé et j'ai commencé à m'habiller. Bocchi a ouvert son rideau et m'a demandé où j'allais. J'ai continué à m'habiller sans rien dire. J'ai enfilé mon pantalon et touché ma poche pour sentir mon paquet de cigarettes. Bocchi m'a dit qu'il avait réfléchi à propos de Schaaf et à ce qu'il pourrait lui dire pendant qu'il dormait.

– Alors ? j'ai demandé.

D'abord il m'a expliqué :

– Je ne veux pas lui demander si sa mère est une putain.

– Comme tu veux, j'ai dit.

– Mais je vais lui dire qu'il arrête de me prendre pour un pauvre type.

Il m'a demandé ce que j'en pensais et je lui ai dit que ça me paraissait une bonne idée. Puis je lui ai précisé :

– Sauf que ça ne servira à rien, Bocchi, il continuera à le penser puisqu'il ne t'aura pas entendu.

Il est resté silencieux un instant, et il m'a dit avec déception que j'avais raison. Je lui ai proposé de lui demander plutôt si c'était vrai qu'il léchait le cul des officiers. Ça lui a paru bien et il m'a demandé si j'aimerais être là quand il le demanderait et j'ai répondu pourquoi pas. Sa tête a disparu et il a fermé son rideau.

Quand j'ai enfilé mes chaussures, Giovanni s'est réveillé et je lui ai dit qu'il pouvait venir si ça lui faisait envie. Bocchi n'a pas compris que je parlais à Giovanni. Il a pensé que je m'adressais à lui, et quand j'ai gravi l'échelle en marchant sur le filet de lumière de l'éclairage de service, j'ai entendu :

– Quoi ?

Giovanni m'a rejoint sur l'échelle et je l'ai aidé à monter. Nous avons remonté la première coursive, et nous sommes sortis à tribord.

La mer et le ciel commençaient de s'éclairer. De la brume flottait en dessous de la lumière grise de l'aube. Giovanni avançait devant moi le long du roof, et le vent entrait dans ma vareuse.

Je me suis assis sur le chaumard à l'arrière, et me suis allumé une cigarette. Giovanni a couru autour de moi, puis il est allé faire un tour vers l'avant. Je trouvais qu'il faisait froid.

Ma cigarette n'avait pas de goût et je l'ai jetée. J'ai

pensé au café que Schaaf buvait tout à l'heure, et j'en ai eu envie.

Quand le soleil s'est levé derrière la brume, j'étais encore assis sur le chaumard. Giovanni était revenu de l'avant et dormait entre mes pieds, à l'abri. La lumière a changé et il a fait un peu plus froid. La brume s'est levée et les feux à l'arrière se sont éteints. Il y a eu soudain un peu plus de vent. Il sentait les pins. Nous n'étions pas loin de la terre. J'ai appelé Giovanni. J'avais envie de dire à quelqu'un que nous n'étions pas loin de la terre. Il a levé la tête, puis il l'a reposée sur ma chaussure. Il était fatigué. J'ai dit tout haut :

– On n'est pas loin de la terre.

Il a ouvert les yeux, mais il n'a pas bougé cette fois. Il m'a fixé un instant, et a refermé les yeux. La nappe de brume montait lentement. Elle était blanche et on aurait dit de la neige, des flocons transparents et très serrés. Et au moment où j'ai pensé à des flocons, j'ai vu, derrière une porte, des gens habillés de manteaux marcher dans la neige. J'ai essayé de me souvenir où je les avais vus. Mais c'était sans doute mon imagination, parce que je n'ai pas réussi à faire coïncider, dans ma mémoire, une porte et de la neige. J'ai pensé alors que ça n'avait pas d'importance. Peu après nous avons changé de cap. Nous avons pris de la gîte et le sillage derrière nous a fait une longue courbe sur la mer.

J'étais fatigué, la nuit était passée, et nous manquions tous de bonté à bord. Alors je me suis mis à pleurer. Je pleurais sur moi, sur Giovanni et le vrai Giovanni. Puis j'ai joint les mains derrière la nuque et resserré mes bras sur les tempes, et alors j'ai pleuré sur la mère de Bocchi, et sur toutes les mères qui ignorent combien nous souffrons.

Bateau sous la neige

Svevo y avait pensé des jours durant, depuis qu'il était sorti du bureau de recrutement. Il avait débattu de cette idée avec lui-même, depuis qu'il avait signé son engagement. Mais ce n'est qu'à la veille de son départ qu'il se décida à le faire, à monter sur la cime du toit et regarder de là-haut, afin d'emporter avec lui tout ce qu'il verrait. Mais il avait craint, tandis qu'il débattait ainsi avec lui-même pendant tous ces jours, de souffrir du vertige s'il montait là-haut, bien que la maison ne fût pas très haute. Mais avant tout, il avait craint de mal ressentir les choses de là-haut, et de s'emplir de tristesse au lieu des images qu'il voulait emporter avec lui.

Il passa derrière la maison en portant le fût métallique dont ils se servaient pour brûler les branches mortes. Il le posa là où la bordure du toit s'approchait le plus près du sol, le retourna, et le cala d'aplomb avec une pierre.

Svevo regarda autour de lui comme si quelqu'un pouvait le voir, puis il monta sur le fût. Il s'y tint un instant, en équilibre, les jambes légèrement pliées, et puis il sauta sur la bordure du toit en prenant soin de bien rester pencher en avant. Il tendit les mains, agrippa le premier barreau, et, tirant sur ses bras, il se hissa et s'assit sur l'échelle de charpentier pour reprendre son souffle et se calmer. Ensuite il se retourna, face à l'échelle, et la gravit jusqu'au sommet du toit, tâchant d'y aller doucement et avec précaution. Car bien que l'échelle reposât à plat sur un très grand nombre de tuiles, et qu'elle fût prévue pour ça, il ne voulait en briser aucune.

Parvenu en haut, Svevo s'assit lentement sur la faîtière en zinc, décomposant prudemment ses mouvements. Il posa une main de chaque côté de lui, ses doigts s'agrippant à l'arrondi de la faîtière, et il cala ses pieds sur deux arrêts de neige.

C'est une chance ces arrêts de neige, pensa-t-il, je me sens bien tenu, on aurait dit qu'ils m'attendaient. Il se dit pour plaisanter que son père avait placé ces arrêts de neige à cet endroit, parce qu'il savait qu'un jour, à la veille de partir, il aurait à monter ici pour tout regarder.

Il tourna légèrement la tête d'un côté et de l'autre

afin d'inspecter la toiture. Il n'y avait pas beaucoup de mousse, non, pratiquement pas, et les tuiles n'avaient pas l'air poreuses, et aucune ne semblait fendue. C'était plutôt une bonne nouvelle et il le lui dirait. Il commencerait même par lui parler de ça, se dit-il. C'est une chance aussi qu'il n'ait pas encore neigé, pensa-t-il, je ne serais sans doute pas monté. Sûr même, parce que l'échelle, elle disparaît vite sous la neige. Non, c'est même pas une question d'échelle, c'est simplement qu'on est sûr de se casser la gueule avec la neige.

C'est très bien ici, se dit-il, c'est haut, mais ça va encore. Le vertige, ça va à peu près, je l'ai pas beaucoup, et ça va aller de mieux en mieux. C'est comme ça que je voyais les choses.

Il commença à regarder devant lui, au loin, mais d'un œil distrait, comme s'il s'entraînait. Mais n'oublie pas, se dit-il, tu ne veux pas de pathos, fais tout pour ne pas le laisser entrer, ça ne sert à rien de rester ici pour ça. De toute façon, d'ici, on a moins envie d'en faire qu'en bas, c'est bien différent. Et s'il m'en vient un peu, il sera sincère. Mais je ne veux pas être triste, se dit-il. Il réfléchit un moment. On peut ressentir des choses et ne pas être triste, se dit-il. Oui, mais on finit toujours pas l'être un peu quand on ressent les choses pour de bon, songea-t-il. Il cracha en l'air et s'essuya les lèvres sur son col. C'est bon comme ça, Svevo, se dit-il, arrête donc de penser à la tristesse avant qu'elle n'arrive. Et peut-être même qu'elle n'arrivera pas. Mais est-ce que je ne serai pas un peu déçu si elle ne vient pas, au moins un peu, se demanda-t-il. Peut-être bien, oui, se dit-il. Il recommença d'y réfléchir, puis secoua la tête. Arrête-toi, maintenant, arrête complètement de penser à ça, se dit-il. Tu vas tout faire rater si tu continues, tu vas trop réfléchir, et tu seras monté ici pour rien.

En tout cas, c'est ainsi que je m'imaginais installé, se dit Svevo, mais j'ai juste un peu peur. D'en bas, on s'en rend pas compte, mais c'est rudement haut quand on y est. Je dois attendre que ma peur s'en aille, mais j'ai le temps.

Agrippés à la faîtière froide comme de la glace, ses doigts commençaient de s'ankyloser. Il les relâcha légèrement, puis les détacha complètement du zinc. Seul le plat de ses mains reposait maintenant sur la faîtière. Il les souleva de quelques centimètres afin d'apprécier son équilibre et sa peur. Son équilibre lui semblait stable, en sorte qu'il ramena simultanément ses mains vers lui et les coinça entre ses jambes, pour les réchauffer. Ça me fait pas plus peur, les mains ici, se dit-il, et le vertige, je l'ai pas davantage, alors autant me les garder au chaud.

Svevo regardait le bateau en bas dans l'herbe. La quille était posée sur des cales en bois afin de l'isoler de l'humidité du sol. C'était la première fois que Svevo le voyait de cette hauteur. Il le voyait de trois quarts arrière, et comme il était légèrement posé sur le côté, et qu'il penchait, calé sur un seul plat-bord, il avait l'air en mouvement. Une semaine avant, son père avait enlevé la bâche malgré l'humidité des nuits. Une pellicule d'eau le recouvrait tous les matins. Ça ne valait rien pour les vernis et les peintures. Ils le savaient. Mais ils voulaient le voir sous une mince couche de neige, avant de le couvrir une fois pour toutes jusqu'à la fin de l'hiver. C'était infiniment beau, cette neige sur les bancs et les plats-bords. Ça les avait frappés la première fois qu'ils l'avaient vue. Ils avaient envie de la voir encore. Tant pis si ça abîmait un peu les peintures. De toute façon, même en faisant très attention à l'humidité et aux rayons du soleil, les vernis et les peintures n'étaient pas éternels. Il faudrait bien les refaire un jour ou l'autre. Cet argument valait ce qu'il valait. Finalement son père avait ôté la bâche pour qu'ils contemplent encore une fois le bateau sous la neige.

Ils avaient navigué ensemble. Au moteur, pour commencer, et pendant longtemps. Ils avaient beaucoup navigué au moteur. Il était bruyant, et ils devaient parler fort pour se comprendre. Mais, mis à part le bruit, c'était une navigation paisible. Ils échouaient le bateau sur les berges. Ils exploraient l'endroit, et ensuite ils retournaient au bateau, ramassaient de l'herbe sèche et du bois flotté, et se construisaient un feu. Le plus souvent ils se faisaient réchauffer des boîtes de conserve. Parfois ils dormaient à côté du bateau sous la bâche qu'ils tendaient entre l'un des plats-bords et le sol. Le matin ils soufflaient sur les braises et rallumaient le feu pour faire du café. Ils avaient exploré beaucoup de rivières ainsi. La plupart du temps, ils partaient pour la journée, et faisaient demi-tour après le repas de midi. Mais parfois, ils naviguaient plus loin sur la rivière, et ils dormaient une nuit sur la berge, à côté du bateau.

Un jour, ça s'était passé tristement, sans que ni Svevo ni son père en soient volontairement la cause. Ils remontaient une rivière. Elle alimentait un lac de barrage, et ils voulaient savoir sur quelle distance elle était navigable. Ils passaient sous un pont routier, et c'est Svevo qui barrait au moteur, tandis que son père, à l'avant, surveillait le fond de la rivière. Un homme était penché en haut sur le pont. Il avait mis ses mains en porte-voix et il leur criait quelque chose. Mais ni lui ni son père ne comprenaient ce qu'il leur criait à cause du bruit du moteur et de la distance. Svevo avait pourtant eu le réflexe de baisser les gaz, mais même ainsi, le moteur au ralenti, ils n'avaient pu entendre ce que l'autre leur criait à cause de la distance. Svevo avait remis les gaz, et ensuite et pendant un bon moment, ils avaient plaisanté à son sujet. Ils avaient inventé ce que l'homme sur le pont pouvait bien leur dire. Ils lui avaient mis des choses incroyables et loufoques dans la bouche, et ensuite, ils lui avaient mis des obscénités. Elles étaient de plus en plus salées à mesure qu'ils s'éloignaient du pont. Ça les faisait beaucoup rire. C'était vraiment une chance de pouvoir sortir autant d'obscénités l'un devant l'autre, sans que cela les gêne. Tous les deux en avaient une conscience aiguë. À chaque horreur qu'ils lançaient, explosait, en même temps et unanimement, la conscience de cette chance-là. Jusqu'au moment où ils avaient heurté un pieu effleurant à peine, fiché dans le lit de la rivière, et ça les avait calmés d'un seul coup. Ils avaient arrêté de rire. Ils avaient accosté aussitôt qu'ils avaient pu. Ils avaient tiré le bateau sur la rive et son père avait inspecté la coque pendant que Svevo relevait le moteur et coupait l'arrivée d'essence. Heureusement le pieu n'avait rien abîmé, pas même entamé la peinture. Il s'était mis à pleuvoir et ils étaient allés sous les arbres. Ils avaient regardé tomber la pluie.

Son père lui avait demandé s'il se sentait bien. « Oui très bien », lui avait répondu Svevo. Son père lui demandait souvent comment il allait, et chaque fois Svevo lui répondait qu'il allait bien, et très souvent c'était vrai. Ce jour-là, et pour la première fois, tandis que la pluie traversait les arbres et tombait sur eux sous la forme de grosses gouttes, son père avait alors rajouté quelque chose en regardant ailleurs, à travers le rideau de pluie : il lui avait dit qu'il espérait qu'il serait là, le jour où il n'irait pas bien. Svevo n'avait rien répondu. Il s'était levé. Il était sorti du couvert des arbres, et son père lui avait demandé de revenir à l'abri. Mais Svevo ne l'entendait pas parce qu'il avait un trou dans la poitrine. Il avait continué à marcher vers le bateau, sous la pluie battante. Plus il s'éloignait du couvert des arbres, plus ce trou qu'il avait à présent dans la poitrine, lui faisait mal. Il avait desserré les fixations du moteur. Il avait soulevé le moteur à bout de bras, et puis était revenu en le portant, courbé en avant par son poids. Son père s'était levé et l'avait aidé à le dresser contre un arbre.

Longtemps, le moteur, rangé dans un coin du garage pour l'hivernage, lui avait évoqué la pluie et le trou qui s'était ouvert dans sa poitrine. Il avait voulu le recouvrir d'un vieux drap, ou de quelque chose d'autre, pour essayer de ne plus y penser, mais il n'avait rien trouvé. Finalement il s'était habitué à le voir et, vers la fin de l'hiver et sans qu'il s'en rendît compte, le moteur avait fini par ne plus rien lui évoquer.

Cela remontait à quelques années. Et voilà qu'une quinzaine de jours auparavant, juste après être sorti du bureau de recrutement, et avoir signé son engagement, il s'en était souvenu.

Dans le bureau, l'officier recruteur avait une bouteille d'eau minérale posée sur la table à côté de lui, et un verre en plastique transparent. Il parlait à Svevo brièvement. Sa voix était ennuyeuse. Il se servait de l'eau, refermait le bouchon de la bouteille, buvait un peu et reposait le verre. Svevo ignorait à quoi correspondaient les insignes brodés sur les manches de sa veste. Une partie sur le bas des manches correspondait certainement à un grade. Mais les insignes brodés en rouge plus haut, représentant deux poissons croisés au milieu d'un cercle, il en ignorait le sens.

Svevo était allé dans un bar en sortant du bureau de recrutement. Il avait la bouche sèche et il avait très soif. Un drap recouvrait la table de billard, et alors même qu'il n'en avait pas trouvé pour cacher le moteur, le drap du billard le lui rappela soudain. Il se souvint du moteur posé dans un coin du garage. Ensuite il se souvint de la pluie qui traversait les arbres et de la douleur dans la poitrine, lorsque, sur la berge son père avait évoqué l'idée qu'un jour il ne puisse pas être près de Svevo. Il s'en souvint finalement avec une grande clarté. Mais son trou dans la poitrine ne se rouvrit pas.

Un jour, ils avaient renoncé à la navigation au moteur. Ils avaient gréé le bateau en misainier. Ils avaient construit un mât et une vergue, et monté une voile sur la vergue. C'était devenu une autre navigation, différente et beaucoup plus vivante. C'était comme s'ils avaient changé d'élément. Le vent avait remplacé l'eau. C'était ainsi qu'ils le ressentaient. L'eau était devenue secondaire. Ni Svevo ni son père ne s'étaient attendus à ce que le vent la remplaçât à ce point. Avant, il leur arrivait de couper les gaz pour entendre le clapot de l'eau sous la coque, ou simplement pour ne plus entendre le moteur. Sans le moteur désormais, ils entendaient les bruits d'eau tout le temps, et c'était par vent arrière qu'ils aimaient le plus les entendre. Souvent ils louvoyaient le plus rapidement possible afin de pouvoir revenir dans le lit du vent et d'entendre le clapot de l'eau. Depuis le jour où ils avaient gréé le bateau, ils n'avaient jamais regretté leurs navigations au moteur. Même si ça leur était plus difficile, à la voile, désormais, d'explorer des rivières.

Un jour, cet automne, ils allaient tranquillement en vent arrière, et ils écoutaient l'eau clapoter sous la coque. On aurait dit que le bateau était parfaitement immobile, et qu'un ruisseau passait en dessous de la coque en l'effleurant. Nul autre bruit, pas même celui du vent puisqu'ils étaient dans son lit, et qu'ils avançaient en même temps que lui. De temps en temps, le vent tombait, la voile se dégonflait et faseyait, mais à peine. Svevo tenait la barre à l'arrière, presque couché sur le dos, la nuque calée sur le tableau. Il avait posé son regard là-haut sur la vergue. Et vraiment nul autre bruit que l'eau sous la coque. Son père était tourné vers l'avant, comme Svevo, mais assis, lui, sur le second banc, et lui aussi il avait le regard levé vers le haut, vers l'apiquage de la vergue. Il avait dit à Svevo soudain, sans amertume ni rien de semblable, mais sur le ton tranquille de la constatation :

– Ça, mon garçon, tu ne l'entendras pas sur ton bateau.

Svevo avait dit, regardant toujours vers le haut de la vergue, qu'il s'en doutait un peu.

Son père avait acquiescé de la tête, afin de le confirmer. Mais il avait gardé le silence à propos de ce qu'il entendrait à la place de ces bruits d'eau, à bord de son bateau, et Svevo lui en avait su gré. Puis son père s'était retourné pour sourire à Svevo. Mais à ce moment même, par hasard, Svevo venait de fermer les yeux, brièvement. Les rouvrant, il avait vu son père, assis à l'avant, et toujours de dos, comme quelques secondes auparavant, et il ne sut jamais qu'il venait de se retourner pour lui sourire.

Je ne crois pas qu'il neige avant ce soir, se disait Svevo, ça m'étonnerait. C'est dommage pour le bateau. Mais d'un autre côté, ce sera moins difficile pour redescendre de là. Je prendrai moins de risques sur l'échelle. Mais il est très beau le bateau, d'ici, songea-t-il, même sans la neige. Ça aussi je le lui dirai, j'ai beaucoup de choses à lui dire, alors. Je ne dois pas oublier de commencer par les tuiles. Il sera content, et s'il me fait confiance, ça lui évitera de monter les voir par lui-même. Je suppose qu'il me dira qu'il me fait confiance, mais je ne suis pas sûr qu'il n'y monte pas un de ces jours pour le vérifier.

Il lui sembla entendre le camion amorcer la montée, tout en bas de la route. Il attendit un instant, puis il tourna la tête en direction de la route et se retint de respirer pour écouter et en être sûr. Mais il n'entendit plus rien venant de cette direction.

Il entendait le vent passer sur les arbres des collines, plus à droite. Il entendait parfois aussi des sons métalliques qui montaient de la vallée. On aurait dit deux bennes de camion se heurtant. Mais la distance était grande, d'ici à la vallée. Le vent probablement déformait les bruits, ou en emportait une partie, se disait Svevo. En sorte qu'il ne pouvait en identifier aucun, à part le vent.

Ce vent qui passait sur les arbres des collines, là-bas, Svevo se souvint qu'il rappelait à son père le bruit lent de l'océan. Mais ça marchait uniquement lorsqu'il soufflait sur les collines, et qu'ici, près de la maison, là d'où ils l'écoutaient, l'air était calme. Son père ne lui avait dit qu'une ou deux fois que ce vent-là lui évoquait l'océan, mais Svevo s'en souvenait.

Alors moi, ce sera le contraire, se dit soudain Svevo, j'y pense seulement maintenant, je n'y avais pas encore réfléchi. Moi, ce que j'entendrai là-bas, quand j'y serai, me rappellera le vent sur les collines. Ça, je suppose que je pourrai lui dire tout à l'heure. Ce n'est pas une chose qui lui fera mal. Au contraire, il sera content que je m'en souvienne.

Je sais bien qu'il a de la peine, se dit Svevo. Mais qu'est-ce que je peux y faire ? Pas grand-chose, je crois pas, non. Il n'y a rien à faire. Ni lui ni moi n'y pouvons rien. Ça par contre je ne lui dirai pas. Il le sait déjà, et je le sais, alors inutile d'en parler. Ça suffit bien qu'on le sache tous les deux, se dit-il.

Il commençait de sentir le froid lui pénétrer dans le dos. Il remua les épaules, rentra et sortit les omoplates, et tira la nuque en arrière plusieurs fois. C'était tout ce qu'il osait faire. Il n'osait pas bouger davantage de peur de compromettre son équilibre.

Est-ce qu'il va rentrer plus tôt, aujourd'hui ? J'en sais rien. Est-ce qu'il va changer quelque chose ? Dans un sens, ce serait bien qu'il rentre plus tôt, se dit-il, ça m'éviterait de geler sur place. Non et non, protesta-t-il, qu'est-ce que je raconte, peu importe à quelle heure il rentrera, je suis monté là pour regarder, et je descendrai quand j'aurai fini.

J'en suis où avec le vertige ? se demandait-t-il. C'est comme je pensais, il s'en va tout doucement. Je me sens presque bien ici, et j'ai chaud aux mains maintenant. Il se pencha légèrement de gauche à droite, afin de tester son équilibre, et s'arrêta vite. Fais pas trop le malin, se dit-il. J'ai quand même encore un peu le vertige, admit-il. J'aurais pas dû bouger. En fin de compte, je suis pas si bien que ça. Et à part les mains, j'ai froid, et c'est dans le dos que ça commence à ne plus aller du tout. Bon sang, ce que je peux avoir froid. C'est sûr maintenant qu'il ne neigera pas. Il fait bien trop froid pour qu'il neige.

La température allait continuer de baisser, et sans doute s'approcher du zéro. Afin de l'affronter, il envisagea un moment de redescendre pour rajouter une couche de vêtements, et puis de remonter. Mais cela l'obligeait à tout recommencer, à redescendre l'échelle, puis revenir là et à nouveau s'habituer au vertige. Et si son père rentrait dans l'intervalle, il ne le verrait pas, assis là-haut. Il se dit, tout de suite et dans la foulée, qu'il venait de se trahir tout seul. Tu vois bien, songea-t-il, que tu es monté aussi un peu pour lui. C'est bon, se dit-il, ça va c'est bon, je suis monté ici pour tout regarder, et aussi un peu pour lui. Peut-être parce que je voudrais avoir autant de peine que lui, mais j'en ai pas autant. Non, se dit-il, tu ne le penses pas vraiment. Qui voudrait avoir de la peine ? Personne. Et maintenant arrête de penser tout court, se dit-il en fermant les yeux, et fait plutôt ce que tu comptais faire. Le jour va être bref, alors regarde là-bas, ne perds pas de temps et tais-toi un peu maintenant.

Il rouvrit les yeux et porta son regard au loin. Il l'arrêta sur la forêt, dans la vallée, en arrière-plan des collines. Puis il leva son regard au-dessus de la forêt, sur le ciel. Il était blanc et gris, et il y avait un halo, légèrement lumineux, d'un blanc plus cru, là où, derrière le voile de nuages, se trouvait le soleil. Au centre du halo, une lueur orangée donnait la position exacte du soleil.

Je crois que j'aimerais me souvenir des ciels qu'il y a ici d'habitude, se dit Svevo, mais aujourd'hui, je n'ai pas de chance. Il est blanc, et voilà c'est tout et c'est dommage. Mais je me souviendrai quand même de ceux des autres jours, ça n'empêchera pas. Il revint sur la forêt et chercha la tranchée pare-feu. Il avait été engagé pour travailler à son creusement parce que son père connaissait le contremaître. Son travail consistait à nettoyer le chantier derrière les forestiers. Il ébranchait les troncs et il brûlait tout ce qui passait en dessous d'une certaine section.

Il trouva rapidement la tranchée. Elle était rectiligne

et, à cette distance, elle lui semblait étroite. Dieu sait pourtant qu'elle ne l'était pas lorsqu'on y avait travaillé, se disait-il. Elle était si étroite d'ici, que c'était difficile de s'imaginer que les flammes d'un incendie ne puissent pas passer par-dessus, sauter d'un bord à l'autre de la tranchée.

Ce n'était pas un bon souvenir. Les forestiers gueulaient beaucoup, et les journées étaient longues. Il rentrait le soir le visage rougi par les feux qu'il allumait le matin en arrivant, et qu'il alimentait jusqu'au soir. Les forestiers se croyaient meilleurs que ceux qui ne l'étaient pas. Ils avaient un travail difficile et, pour cette raison, ils pensaient qu'ils étaient meilleurs et différents de ceux qui ne travaillaient pas dans la forêt. Svevo avait essayé de leur plaire, il avait fait de son mieux pour y parvenir, en travaillant bien, en ne prenant pas de retard sur eux, en tâchant de brûler les branches aussi vite qu'ils ébranchaient les arbres abattus. Mais au bout d'un mois, il ne leur plaisait toujours pas. Les forestiers continuaient de se considérer meilleurs que les autres et de n'avoir aucune considération pour Svevo, malgré ses efforts. Finalement, Svevo s'était dit qu'ils aillent donc se faire foutre. J'en ai rien à foutre d'eux. Mais il s'en voulait de ne pas le ressentir entièrement. Il aurait aimé perdre tout espoir de leur plaire, seulement il n'y parvenait pas. Il avait toujours ce petit fond d'espoir qu'avec toute sa volonté il ne parvenait pas à étouffer. Il continuait de bien travailler, et il savait qu'à tout moment, si les forestiers lui avaient soudain montré un peu d'attention, ça lui aurait fait plaisir, il serait revenu sur son jugement, il aurait arrêté de penser qu'ils aillent se faire foutre. Sans doute même qu'il aurait pu aller jusqu'à croire qu'ils étaient meilleurs que les autres s'ils lui avaient montré un peu de considération.

Un soir, ils avaient vu des daims traverser la tranchée à cent cinquante mètres du chantier, derrière eux. Le bruit des tronçonneuses et les différents feux dont Svevo s'occupait ne semblaient pas les effrayer. Les daims coupaient à travers la tranchée, au pas, et très paisiblement, en ignorant les hommes. Il y avait quelques jeunes daims parmi eux. C'était un peu avant le coucher du soleil. La journée avait été longue pour tout le monde. En apercevant les daims, Svevo s'était arrêté de lancer les branches dans le feu, et la plupart des forestiers, en tout cas tous ceux qui avaient vu les daims, avaient coupé le moteur de leurs tronçonneuses, et ôté leurs casques pour les regarder passer. Pendant ce moment-là, Svevo avait fait la paix avec les forestiers. Tandis que les daims finissaient de traverser la trouée entre les arbres, et que l'un après l'autre ils passaient de l'autre côté, dans la forêt, et disparaissaient, Svevo s'était senti en paix avec les forestiers parce que la plupart avaient coupé leur moteur et faisaient exactement la même chose que lui. Ils regardaient passer les daims. Mais ils n'en avaient vu qu'une fois pendant les deux mois qu'avait duré le creusement de la tranchée. Les écureuils et les lapins, Svevo ne les avait pas comptés, et les forestiers ne semblaient pas les voir. Leurs regards ne s'arrêtaient jamais sur eux, et les arbres continuaient de s'abattre, comme s'ils n'étaient pas là. Mais, avec les daims, les choses avaient été différentes.

À présent qu'il voyait la tranchée de loin, si étroite à cette distance, l'indifférence et la morgue des forestiers lui paraissaient lointaines, et sans importance. J'aurais aimé le ressentir de cette façon-là quand je travaillais à la tranchée, songea-t-il, ça m'aurait facilité les choses. Svevo savait que les forestiers devaient être encore, à cette heure-là, dans la vaste étendue de forêt qu'il avait sous les yeux. Il ne pouvait pas les voir, mais ils étaient quelque part là-bas, en train de se croire meilleurs et différents.

Un oiseau s'était posé sur la cime du toit, non loin de lui, pendant qu'il regardait vers la forêt. Il le voyait du coin de l'œil, sur sa droite. L'oiseau bougeait sa queue, de haut en bas, comme s'il s'en servait de balancier pour tenir son équilibre. Oui, c'est bien ça, se dit Svevo, c'est sûrement comme ça qu'il tient en équilibre. Et on a le même point de vue, lui et moi, se dit-il.

Bien qu'il fût monté là avant l'oiseau, qu'il fût sur le toit depuis déjà presque une heure avant que l'oiseau ne s'y pose, il avait l'impression que c'était lui-même, Svevo, qui venait d'entrer dans son monde. Il avait déjà vu des centaines d'oiseaux, et cependant, la présence de celui-ci, au même endroit que lui, le rendait différent des centaines qu'il avait déjà vus. Il n'en était pas spectateur cette fois-là. Il éprouvait, à cet instant, une sorte d'égalité et de compréhension envers l'oiseau. Cela dura un bon moment. Puis Svevo voulut aller plus loin. Mais il prenait un risque. Il savait que s'il tournait la tête pour voir de quelle espèce il était vraiment, l'oiseau s'envolerait, à moins qu'il ne fasse très attention. Ne bouge pas, se dit-il, je crois que c'est un geai. Non, ne bouge pas, se répéta-t-il, ne tente rien, je suis presque sûr que c'est un geai. Ça servira à rien de le vérifier.

Au bout d'un moment, il le tenta quand même, et aussi lentement qu'il le pouvait. Il réussit à tourner la tête sur presque quarante-cinq degrés, en retenant sa respiration, et sans que l'oiseau s'en aperçoive. Il s'arrêta pour reprendre de l'air. À ce moment-là, l'oiseau s'envola derrière la maison avant qu'il ait eu le temps de le reconnaître. Bon sang, je saurai jamais ce que c'était au juste. Mais je l'emmènerai avec moi, songea-t-il. J'ai eu de la chance qu'il se pose là, et il me portera chance. C'est une bonne idée de l'emmener. Mais je n'aurais pas dû bouger. De toute façon, il serait parti avant que moi je redescende. Je crois quand même que c'était un geai.

Il se remit à observer la vallée, la forêt et le ciel devant lui. Le halo du soleil semblait devenir plus lumineux. Ce que j'ai froid, se dit-il. Il faudrait que le soleil sorte complètement des nuages, songea-t-il, il ferait tout de suite un peu plus chaud. Mais il sortira pas, ça m'étonnerait. Il porta son regard sur le premier plan des collines et la crête formée par le haut des arbres. Il balaya toute la crête et revint à son point de départ, machinalement. Il n'aima pas cette façon de faire. Tu fais ça comme un géomètre, se dit-il, d'accord, tu ne voulais pas de pathos, mais essaie au moins d'y mettre du tien.

Il recommença à balayer la crête des arbres, du regard, mais plus lentement cette fois. Soudain il baissa les yeux. Ne te raconte pas d'histoires, se dit-il, en fin de compte tu n'es pas monté ici pour emmener tout ce que tu verrais. Tu l'as sous les yeux depuis des années, qu'est-ce que ça change que tu le regardes encore une fois aujourd'hui ? Ça change, protesta-t-il en lui-même, que c'est peut-être la façon dont je regarderai les choses aujourd'hui qui comptera et dont je me souviendrai le plus. C'est vrai, songea-t-il avec sincérité, j'ai raison. Mais tu n'es pas monté là pour cette raison, se dit-il. En tout cas, ça n'est pas la raison principale. Tu es monté pour qu'il te voie quand il rentrera, encore plus que tu le crois, et tout simplement.

Il était engourdi par le froid lorsqu'il entendit le camion remonter la route. Il tendit l'oreille pour être certain que c'était lui, et quand il en fut certain, il siffla tout bas afin de faire quelque chose. Le bruit du moteur disparut presque complètement, et revint, puis disparut et revint à nouveau. Un instant après le camion apparut derrière les arbres. Il monta encore, ralentit, se gara avec précaution sur le bord de la route en contrebas, et s'immobilisa avec ce sifflement d'air compressé. Il est rentré un peu plus tôt, se dit Svevo. J'ai eu raison de rester et de pas descendre chercher des vêtements. Pendant un moment il ne se passa rien sur la route, et Svevo ne voyait rien à l'intérieur de la cabine. Puis son père descendit du camion, ferma la portière à clés et passa de l'autre côté. Il ouvrit la portière du passager pour prendre son sac, la referma à clé et traversa la route.

S'il ne regarde pas en haut, il ne me verra pas, songea Svevo. J'aurai l'air stupide s'il est dans la maison, et moi ici. J'attends qu'il ait fini de monter le chemin, et je l'appelle s'il ne m'a pas vu. Mais je pense qu'il va me voir.

Son père avait traversé la route, et gravissait le chemin, à présent. Il se tourna une fois pour regarder le camion au bord de la route, puis continua dans le chemin et, se mettant à observer le ciel, il aperçut Svevo sur le toit. Il s'arrêta à nouveau et demeura immobile, mais sans plus regarder vers Svevo, semblant plutôt chercher quelque chose à ses pieds. Puis il repartit dans le chemin. Il marchait plus vite pour arriver à portée de voix.

– Qu'est-ce que tu fous là-haut ? demanda-t-il, lorsqu'il fut assez près, et sans s'arrêter de marcher, et sa voix n'exprimait aucun étonnement, mais un grand reproche.

Il fit encore une dizaine de mètres et s'arrêta.

– Pourquoi tu es monté là-haut ? demanda-t-il sèchement.

Par réflexe, Svevo agrippa la faîtière des deux mains, de chaque côté de lui. Il ne répondit pas. Il ne regardait plus vers le chemin, mais devant lui, au loin. Son père se tourna dans la direction où regardait Svevo. Puis se retournant, il demanda à Svevo, toujours avec reproche :

– Mais alors, qu'est-ce que tu es allé fabriquer là-haut ? Bon Dieu alors, quelle idée tu as eue !

Il s'arrêta, et puis :

– Qu'est-ce qui t'a pris ?

Il s'arrêta encore. Son regard était réprobateur. Ensuite il ordonna :

– Redescends de là !

Svevo se taisait toujours. Il savait que, quoi qu'il dise, le ton de sa voix exprimerait qu'il était blessé. Son père lança durement :

– Redescends de là ! Est-ce que tu m'as entendu ?

Svevo serrait la faîtière dans ses mains et continuait de regarder devant lui, le ciel, les nuages, et la lisière des forêts au loin, et la lueur blanchâtre du soleil derrière les nuages. Il était infiniment blessé et triste. Son père repartit et continua de monter vers la maison, et lorsqu'il entra dans la cour et passa devant la maison et disparut de sa vue, Svevo desserra légèrement les mains de la faîtière. Il ne l'entendit pas, mais il sut, au bout d'un instant, qu'il était passé sous la véranda. Ensuite il entendit la porte s'ouvrir et se refermer.

Svevo savait que, quoi qu'il tente pour oublier que son père était rentré et lui avait parlé de la sorte, le camion, garé en bas sur la route, témoignerait à tout moment du contraire. Alors il ne chercha pas à s'en sortir de cette manière. Attends simplement que ça passe, se dit-il, essaie de ne plus y penser.

Ça va être long à passer, et je voudrais être demain. Je voudrais être à l'arrêt d'autocars, songea-t-il. Je voudrais m'endormir maintenant et me réveiller quand l'autobus s'en ira demain. Il avait complètement oublié l'oiseau qui s'était posé tout à l'heure. Il avait de brefs mouvements des bras et des jambes et faisait grincer ses dents les unes contre les autres. Soudain, il réalisa qu'il n'avait plus froid.

Si blessé qu'il fût, Svevo entendait toujours le vent sur les collines. Mais il avait perdu sa signification. Ce n'était plus l'évocation de l'océan qu'il entendait, mais simplement le vent dans les arbres.

Il a parlé avant de comprendre, voilà ce que je vais emporter avec moi, se disait-il avec douleur. Svevo savait qu'à cet instant-là il était capable de se mettre à pleurer et, pour y résister, il reprit sa position d'avant. Il ramena ses mains entre ses jambes, non pas pour se les réchauffer, parce qu'il ne ressentait pas plus le froid mordant de la faîtière que le froid de l'air. Il les serra simplement l'une contre l'autre pour tenter de se calmer un peu.

Comme je voudrais ne pas avoir eu l'idée de monter ici, se dit-il. Il protesta aussitôt avec fureur. Mais non, qu'est-ce que je raconte ?, ce n'est pas de ma faute s'il a parlé avant de comprendre. Alors je vais rester là pour moi, se dit-il. Non, se reprit-il dans la seconde, tu n'as plus rien à y faire, ici. Avoue-toi que tu es déçu, se dit-il, et redescends, avant que le froid revienne. Il ferma les yeux. Mon Dieu, oui, je suis déçu, mais je vais voir si je redescends maintenant, se dit Svevo, je vais voir. Le froid, je verrai aussi.

Lorsqu'il rouvrit les yeux, il se rappela l'oiseau qui s'était posé à côté de lui. Il devait me porter chance, songea-t-il avec amertume. Il a raté son coup, ce soir, ça a mal commencé. Mais tant mieux dans le fond. Il me portera chance plus tard, quand j'en aurai le plus besoin. À moins que je l'oublie. Possible alors qu'il me portera chance sans que je m'en aperçoive, et à mon avis c'était un geai.

Svevo entendit la porte de la maison s'ouvrir, et se refermer. Son père n'apparut pas dans la cour, et Svevo comprit qu'il se tenait sous la véranda. L'après-midi finissait. Bientôt le soir allait tomber. Le halo du soleil pâlissait sur l'horizon et, bien plus haut au-dessus de l'horizon, le ciel était violet. Dans la partie violette du ciel apparaissaient par endroits des nappes argentées. Des bandes d'oiseaux passaient au loin, d'ouest en est, survolant la vallée. Tout était silencieux parce que le vent ne soufflait plus dans les arbres, sur la crête de la colline. Il s'était déplacé plus loin vers le sud, dans la vallée, mais Svevo ne pouvait pas le voir ni l'entendre dans les arbres de la vallée.

Il s'était calmé, mais la sensation de froid était revenue. Il l'avait prévu, il savait que le froid allait revenir, mais il était étonné de le sentir encore plus dur qu'avant. Il lui mordait cruellement le dos et les épaules. Il lui semblait porter quelque chose de lourd sur les épaules.

Quand ils dormaient près du bateau, sur la berge des rivières, il avait souvent ressenti, vers le matin, cette impression de poids sur le dos et sur les épaules. Il dormait encore, et ce poids le faisait rêver de toutes sortes de choses qui le gênaient dans son sommeil, sauf du froid. Il finissait par se réveiller, et il entendait couler la rivière. Alors seulement il comprenait qu'il avait froid. La plupart du temps, son père était déjà levé. Il se tenait accroupi, ou assis sur une souche, à quelques mètres, devant le foyer en pierre qu'ils avaient construit la veille, et il commençait de ranimer le feu. Il levait la tête vers Svevo et lui disait de se rendormir le temps que le feu ait bien pris, mais Svevo ne se rendormait pas. Il se tournait sur le flanc en direction du foyer. Il attendait que la chaleur des flammes parvienne jusqu'à lui. C'est seulement quand il commençait de la sentir, même à peine, qu'il se levait, sans sortir de son sac de couchage, portant ses chaussures dans une main, et il allait à cloche-pied s'asseoir à côté du feu.

Son père lui frottait le dos et lui demandait comment il avait dormi. Svevo répondait qu'il avait dormi à peu près bien, mais que vers le matin, le froid l'avait réveillé. Son père le prévenait que, s'il continuait à marcher avec son sac de couchage, il finirait par le trouer et qu'il perdrait tout son duvet. Ils réchauffaient le café, et le buvaient dans des gobelets en plastique.

Ils en buvaient une seconde fois, et là le café sentait un peu moins le plastique.

Ils regardaient le feu pendant un moment. Ils entendaient la rivière couler tout près. Svevo sentait ses muscles retrouver de leur souplesse. Son père jetait une à une toutes les brindilles de bois et les écorces qu'il pouvait saisir sans avoir à se lever, juste celles qui se trouvaient à portée de main. Il faisait deux parts égales avec ce qu'il restait dans le fond de la cafetière. Dans le peu qu'il restait, Svevo mettait beaucoup de sucre. Cela donnait un sirop écœurant, qu'il mangeait avec sa cuillère. Il avait entendu dire que le sucre aidait à se protéger du froid. Lorsque le feu commençait à baisser d'intensité, et qu'il ne restait plus de brindilles à brûler, ni d'écorce à portée de main, Svevo s'habillait dans son sac de couchage en se contorsionnant, enfilait ses chaussures, puis il allait derrière le bateau pisser dans la rivière.

Parfois, la brume du matin flottait au-dessus de la rivière, et c'était toujours étrange de la voir ainsi flotter, presque immobile, tandis qu'en dessous la rivière avançait. Parfois, suivant l'exposition de la rivière, et l'heure à laquelle ils s'étaient levés, et aussi du temps qu'ils avaient passé à se réchauffer devant le feu, les rayons du soleil passaient à travers la brume.

Et on aurait dit que la rivière en dessous était chaude, que c'était de l'eau chaude qui avançait dans l'air vif du matin.

Son père descendit de la véranda, resta un instant au bord, puis se dirigea vers le bateau. Il posa la main sur le tableau à l'arrière, puis sur le plat-bord, sa main recueillant l'humidité du soir. Il s'avança ainsi vers l'avant du bateau en regardant vers le ciel. Arrivé à la proue, il s'essuya la main sur son pantalon.

– J'ai pas l'impression qu'il neige cette nuit, dit-il, suffisamment haut pour que Svevo l'entende.

Svevo ne répondit rien. Son père acquiesça pour lui même, et il regarda à nouveau le ciel. Il demanda :

– À ton avis ?

– Je ne sais pas, mentit Svevo.

– Moi j'ai pas l'impression. Je l'ai senti en montant tout à l'heure, j'aurais mis le camion dans la descente si j'avais senti la neige. Je crois qu'on devrait couvrir le bateau, non ? Il doit faire trop froid pour qu'il neige.

Svevo ne dit rien.

– Tu m'aideras à le bâcher quand tu redescendras.

Svevo fit oui de la tête, faiblement.

– Comment c'est là-haut ? demanda son père.

– Ça va, dit Svevo pas très fort, et affectant l'indifférence.

– Ça va comment ? demanda son père.

– Je t'ai dit que ça allait.

– C'est haut ?

– Oui, dit Svevo.

– Pas le vertige ?

– Non, dit Svevo.

– Tu dois avoir froid là-haut. Je suis sûr que tu as froid.

– Non, dit Svevo. J'ai pas froid.

– Alors tu n'es pas fait comme moi. Il y a combien de temps que tu es là-haut ?

– J'en sais rien, dit Svevo.

– T'en fais une gueule, lui dit son père sans méchanceté. Même d'ici je le vois. Continue, si ça te chante.

Svevo regardait sans bouger le halo autour du soleil qui commençait à pâlir. Le soleil lui-même était encore au-dessus de l'horizon. Quand il sera derrière l'horizon, se dit Svevo, je descendrai. J'aurai fini ce que je voulais faire et je descendrai. Il regardait devant lui le halo, fixement, mais il apercevait dans un angle du regard son père qui avait tourné devant la proue du bateau et revenait vers l'arrière.

Il est gêné maintenant, se dit Svevo, il ne sait pas comment s'y prendre et il fait semblant de s'intéresser au bateau, mais je vais pas l'aider, parce que c'est pas de ma faute. Je fais la gueule que je fais. Hein, qu'est-ce qui lui a pris tout à l'heure ? Et maintenant, je sais plus si j'ai encore envie de lui faire plaisir ou pas. Je sais pas si je vais lui dire pour les tuiles.

Les lumières de la maison et de la véranda étaient restées allumées. Leurs lueurs se confondaient en une seule. Cette lumière éclairait une partie de la cour, devant la porte, mais pas son père, ni l'endroit où était posé le bateau.

À présent il avait fini d'en faire le tour, et il s'était adossé à l'arrière, contre le tableau. Il avait mis une main dans une poche et l'autre devant la bouche. Il se la passa sur la joue et puis derrière la tête, qu'il leva ensuite légèrement vers Svevo.

– Ne mets pas ton réveil, demain, lui dit-il. C'est moi qui m'en occuperai. Dors autant que tu le peux. Passe une bonne nuit si tu y arrives. Je viendrai te réveiller ni trop tôt ni trop tard. Endors-toi sans penser à l'heure.

– Je sais pas si j'y arriverai, dit Svevo.

– Je sais bien, je comprends, mais essaie quand même d'y arriver, lui dit son père. Laisse-toi aller.

Pense que c'est moi qui m'occuperai de l'heure. Ça t'aidera à bien dormir.

– J'essaierai, dit Svevo.

– Oui, c'est bien, dit son père.

Il ajouta l'instant d'après :

– Et puis dors aussi dans l'autobus, demain. Ne pense à rien et dors autant que tu le pourras. Tu n'auras rien d'autre à faire.

– Oui, dit Svevo.

– Dans un moment je monterai faire demi-tour avec le camion. S'il est déjà dans la descente, on gagnera quelques minutes demain matin. On en gagnera une dizaine. J'aurais dû y penser avant.

Svevo eut un léger hochement de tête, se mordit l'intérieur de la joue et observa son père un instant. Il se tenait toujours adossé à l'arrière du bateau.

– Tout à l'heure, j'ai eu un peu le vertige, dit Svevo, mais là maintenant, ça va mieux.

– Je croyais que tu l'avais pas, dit son père avec une légère ironie.

– Je viens de te dire que je l'avais un peu seulement, dit Svevo avec impatience.

– Bon, mais fais attention à toi.

– J'ai les pieds calés sur les arrêts de neige.

– Oui, j'ai vu, heureusement qu'ils sont là. Mais fais

surtout bien attention derrière toi, il y a rien qui te retient, derrière. Je t'apprends rien, mais tu n'es pas assis contre un mur. Porte toujours bien ton poids en avant !

Bien qu'il le fît déjà depuis le début, Svevo obéit et porta encore un peu plus son poids en avant. Puis, au bout d'un instant et insensiblement, il se redressa, revint légèrement en arrière pour reprendre sa position. Finalement, il se sentait plus en sécurité ainsi.

– Inutile que tu montes voir les tuiles, dit-il soudain, elles sont bonnes.

– C'est vrai ? demanda son père. Pas de mousse ou d'autres saloperies qui traînent ?

– Non, dit Svevo. Dans l'ensemble ça a l'air d'aller.

– Il y a pas une bestiole crevée dans la gouttière ?

– Non, j'en ai pas vu.

– Rien de cassé, non plus, ou de fendu ? demanda son père.

– Non plus, dit Svevo. En tout cas, d'ici tout à l'air bon. La faîtière aussi est bonne.

– La faîtière c'est rarement un problème, à moins que le vent l'arrache. Pour tout le reste, je te fais confiance.

– Mais je crois que tu monteras voir quand même, dit Svevo avec soupçon.

Son père ne répondit pas. Svevo dit :

– Est-ce que tu monteras voir, alors ?

– Je monterai pas voir, dit son père. En tout cas, j'en suis presque certain. On verra. Mais si on a une fuite, dit-il, plaisantant sur un ton faussement menaçant, je te l'écrirai, tu le sauras vite, fais-moi confiance aussi.

Il se retourna et se pencha pour regarder à l'intérieur du bateau.

– On va le couvrir une bonne fois pour toutes, dit-il. On va le faire tous les deux bien soigneusement. Il faudra que ça tienne tout l'hiver. On va le faire solidement. Je voudrais pas que la neige enfonce la bâche, ou que le vent la fasse rentrer par en dessous.

– Si on pouvait le retourner, dit Svevo, il se protégerait tout seul.

– Je sais bien. J'y ai déjà pensé, mais on peut pas le retourner à deux.

– Avec des palans, on pourrait, dit Svevo, je suis sûr. Même toi tout seul tu pourrais y arriver.

– Et les palans, dis-moi comment ils tiennent en l'air ?

– Fabrique des genres d'arceaux ! Dit Svevo.

– Des arceaux, oui, je vois ce que tu veux dire, mais je sais pas souder.

– Commande des bois à la scierie, dit Svevo. T'auras rien à souder.

– Oui, c'est pas une mauvaise idée, répondit son père évasivement, mais ça se fabrique pas comme ça. Et j'ai pas les palans non plus, ni les chaînes qu'il faut. Dans le fond, je crois que j'ai pas trop envie de le faire.

– Alors on va bien le bâcher, dit Svevo. On le fera solidement.

– Oui, c'est tout ce qu'on peut faire, dit son père. Et il faudra que ça tienne jusqu'au printemps.

– Si on le fait bien, dit Svevo, ça tiendra.

Son père regardait le ciel et tournait la tête dans toutes les directions.

– J'aurais bien aimé qu'on voie un peu de neige dessus, dit-il, juste une fois cet hiver.

– Moi aussi, dit Svevo. C'est dommage.

Il marqua un temps.

– Je devais te dire aussi qu'il était vraiment beau d'ici, même sans la neige.

– C'est vrai, il a de l'allure de là-haut ?

– Oui, il en a ! dit Svevo.

– Tu étais monté là-haut pour le voir ?

– Non, dit Svevo, c'était pas pour ça, mais ça n'empêche qu'il a de l'allure. Je l'ai tout de suite vu.

Il fit oui de la tête pour lui-même. Puis il dit :

– Il y a un geai qui s'est posé à côté, là, tout à l'heure.

– Ah oui ! dit son père.

Il semblait sceptique.

– Un geai, tu es sûr ?

– Oui, là tout près, dit Svevo en tendant la main vers sa droite.

– C'est rare d'en voir un de si près. T'as eu de la veine, Svevo. Ils sont plutôt peureux, ces oiseaux-là.

– Oui, dit Svevo. Et justement je me suis dit que ça me porterait chance.

– Pourquoi pas, dit son père. Ça peut peut-être marcher. Sûrement, même, parce que c'est beau, un geai.

Svevo opina, et se mordit ensuite l'intérieur de la joue.

– Mais je suis pas vraiment certain que c'était un geai, reconnut-il.

– Écoute, moi je l'ai pas vu. Alors je peux pas te dire. Mais je te souhaite que ce soit un geai.

Il porta son index à son front.

– Ça me fait aussi penser, dit-il, les forestiers te souhaitent bonne chance. Enfin, il y en a deux ou trois qui m'ont demandé de te le souhaiter.

– Ah ouais ! fit Svevo.

– Oui, à la station-essence. Ils remplissaient des jerricans, et moi je faisais le plein pour demain. On en a parlé.

– Et qu'est-ce qu'ils ont dit ?

– Non, c'est tout, pas grand-chose. Ils te souhaitent bonne chance.

– Ils t'ont parlé des daims ?

– Non, répondit son père. Non, on n'a pas parlé de ça. Pourquoi, c'était quoi, ces daims ?

– Non, c'est rien, dit Svevo.

– Bon, dit son père, tu es mieux habillé que moi. Je vais rentrer. Moi, j'ai froid. Fais attention à toi quand tu redescendras. Descends quand tu veux, mais je ne voudrais pas qu'il fasse trop nuit quand on couvrira le bateau. Il faut deux fois plus de temps quand on n'y voit pas.

Mais, l'ayant dit, il ne bougea pas, il ne prit pas la direction de la maison. Il resta près de l'arrière du bateau, et Svevo demanda soudain, mais sans diriger la voix vers son père :

– Est-ce que j'aurai le mal de mer ?

– On en a déjà parlé, dit son père sans marquer d'impatience.

– Il y a un moment qu'on en a parlé et je me souviens plus de tout.

– Je t'ai toujours dit que j'en savais rien. Comment veux-tu que je le sache, Svevo ? On a tout le temps navigué que sur l'eau douce, toi et moi.

Il marqua un temps pour chercher ses mots. Sa réflexion était hésitante.

– L'océan, eh bien, Svevo, c'est différent, dit-il enfin, la voix neutre.

Svevo dit sur un ton d'espoir :

– Parfois, ça bougeait un peu quand même, quand on naviguait tous les deux, non ?

– Oui, des fois, ça bougeait, mais pas beaucoup, Svevo. En tout cas, pas suffisamment pour se faire une idée.

Svevo attendit un instant, puis :

– Alors ?

– Alors rien, dit son père, c'est tout. On ne peut pas le savoir. On l'a ou on l'a pas, le mal de mer. Tu le sauras quand tu y seras, Svevo. Je crois que c'est pareil pour le vertige. Il y a un tas de choses qu'on a ou qu'on n'a pas. Et j'ignore pourquoi.

Svevo dit sur un ton d'appréhension :

– Je crois que j'ai le vertige. Je crois en fait que je l'ai pour de bon, et pas seulement un peu.

Avant de parler, son père sourit et secoua la tête.

– Non, mais ça ne marche pas ensemble. C'était simplement un exemple. Tu peux avoir le vertige, et ne jamais avoir le mal de mer.

– On peut avoir les deux ? demanda Svevo.

– Oui, on peut, sans doute. Il y en a qui n'ont pas de chance. Mais c'est pas automatique.

– C'est rare d'avoir les deux ? demanda Svevo.

– Oui, je suppose que c'est plutôt rare, dit son père. Je connais personne qui ait eu les deux.

– Ça, c'est simplement pour me faire plaisir, dit Svevo, c'est un genre de blague, n'est-ce pas ?

– Bien sûr que c'en est une. Même, tiens, on peut s'en trouver une autre du même genre, de blague, Svevo. Admettons qu'il existe une règle automatique. Et on se la décide maintenant, cette règle, si tu veux.

– Oui, dit Svevo, décidons-la !

– Alors écoute bien : si on a le vertige, on n'a pas le mal de mer. Et donc c'est une bonne chose que tu aies déjà le vertige.

– Je veux bien de cette règle, dit Svevo en faisant amplement oui avec la tête. Et j'ai tellement le vertige que je crois pas que je pourrai redescendre.

– Alors te voilà sauvé, lui dit son père. Tu l'auras jamais, le mal de mer.

Puis il mima la contrariété :

– Mais je vais devoir monter là-haut pour t'aider à redescendre.

Svevo souriait, et il tremblait en même temps, parce que le froid était intense à présent. Il avait de longs frissons qui lui montaient du bas du dos vers les épaules, redescendaient dans les bras et s'arrêtaient à ses poignets parce qu'il avait toujours les mains jointes entre ses jambes.

– Mais quand même, sérieusement, dit-il, qu'est-ce que tu en penses ?

– Écoute, tu verras bien si tu l'as, lui dit son père. Sa voix était rassurante. Tu le sauras vite. Si tu l'as, et dès que ça vient, tu t'allonges et tu fermes les yeux. Ça, je te l'ai dit souvent, tu t'en souviens ?

– Oui, dit Svevo, je m'en souviens.

– N'oublie pas ça : tu t'allonges et tu fermes les yeux. J'ai jamais rien trouvé d'autre à faire pour que ça passe. Et si tu y arrives, essaie aussi de ne jamais avoir le ventre vide. Mais ça, c'est plus difficile à faire que de se coucher et de fermer les yeux. Moi j'ai jamais réussi à le faire. Mais j'en ai vu qui y arrivaient. Alors peut-être que toi tu y parviendras.

Puis, des mains et de la tête, il fit le geste d'effacer tout ce qu'il venait de dire.

– Attends, Svevo, on doit arrêter d'en parler. Je veux dire : ne crains pas le mal de mer avant de savoir si tu l'as. Ce n'est pas une bonne chose, c'est des coups à se l'attraper alors qu'on n'était pas fait pour l'avoir.

Svevo quitta son père et le bateau des yeux, et frotta ses mains entre ses jambes. Ensuite son regard alla d'un bout à l'autre de la forêt en face, sur la colline.

– C'est dans les gènes ? demanda-t-il au bout d'un instant, regardant toujours la colline, devant lui.

– Qu'est-ce qui est dans les gènes ?

– Le mal de mer, dit Svevo.

– On ne devait plus en parler.

– Après ça on arrête, dit Svevo. Réponds-moi seulement pour les gènes.

– J'en sais rien, Svevo. Mon père à moi n'est jamais monté sur un bateau.

– Et ton grand-père ? demanda Svevo.

– Je ne sais pas ce que faisait mon grand-père.

– Non !

– Non, je le sais pas. Il te reste que moi pour te faire une opinion.

– J'espère que c'est pas dans les gènes, alors, dit Svevo. C'est ça mon opinion.

Son père se mit à rire.

– Je te le souhaite aussi, dit-il.

Puis il dit avec enthousiasme :

– Ou alors écoute, il n'y a pas qu'une règle, il y en a deux en réalité. Et elles sont immuables et universelles, Svevo. La première : quand on a le vertige, on n'a pas le mal de mer. Et ça on le savait déjà parce qu'on vient de se le décider, il y a deux minutes. Mais la seconde, écoute-la bien : le mal de mer ne se retrouve jamais dans les gènes. Alors te voilà sauvé deux fois et pour de bon.

Svevo dit, souriant :

– Ce sont de bonnes règles.

– Elles seront bonnes si tu y crois, reprit son père en faisant oui de la tête, et avec tout d'un coup de la gravité dans la voix, une intensité nouvelle et soudaine.

– Pour le moment, là où je suis, j'y crois, dit Svevo. Et je pense que j'y croirai encore demain dans l'autobus.

– Crois-le le plus longtemps possible, lui dit son père.

Sa voix avait gardé son intensité. Il baissa la tête et la releva rapidement pour regarder vers la cime du toit. À nouveau il baissa la tête, mais à peine cette fois, voyant toujours Svevo, ou plutôt apercevant sa silhouette sombre, là-haut, prolongeant la forme du toit.

– Crois surtout en cet instant-là, Svevo, dit-il.

Sa voix était sourde et rentrée.

Svevo ne dit rien et, au bout d'un instant, il fit simplement oui de la tête. Le jour baissait vite maintenant, cependant il restait suffisamment de lumière pour que son père ait pu apercevoir Svevo acquiescer de là-haut.

– Oui, crois en cet instant-là, répéta son père. Garde-le avec toi le plus longtemps possible, parce que moi je le garderai.

La silhouette sombre de Svevo continuait d'acquiescer là-haut. Elle se confondait de plus en plus avec la teinte du toit. On aurait dit que c'était un étrange prolongement du toit qui se serait mis à bouger. Au loin, le halo du soleil s'éteignait, et le soleil maintenant passait derrière l'horizon. Le crépuscule s'étendait. Il semblait provenir de derrière la maison, et s'étendait en direction de la vallée. Il avait déjà atteint les collines et dépassé la crête des arbres. À présent il descendait le versant invisible des collines.

– Je ne sais pas au juste pourquoi je suis monté là-haut, dit Svevo avec étonnement. Je pensais emporter des choses que je verrais d'ici.

– Et alors qu'est-ce que tu as vu qui vaille la peine ?

Svevo resta silencieux. Il se mit à regarder devant lui et alentour rapidement, cherchant dans ce qu'il voyait ce qui allait pouvoir l'aider à répondre. Mais il ne voyait presque plus rien à cause de la nuit qui s'étendait.

– J'ai tout bien regardé, répondit-il finalement. J'ai eu le temps. Il y a un moment que suis là-haut. J'aime tout ce que j'ai vu, mais en fin de compte j'ai pas eu l'impression que j'étais monté pour ça.

– J'arrive à le comprendre, dit son père.

– Tu es déjà monté sur un toit pour le faire ? demanda Svevo rapidement et avec un grand étonnement.

– Non, dit son père, j'ai pas fait ça exactement, mais j'arrive à le comprendre.

Svevo dit :

– Je regrette pas d'être monté.

Il marqua un temps.

– Mais la vraie raison, je la connais pas.

– Tu avais peut-être envie d'aller geler sur place, plaisanta son père. Et t'emmèneras avec toi que tu as eu froid.

– Oui, dit Svevo, peut-être. Ça a bien marché de ce côté-là. Sûr que je me souviendrai que j'ai eu froid.

Son père dit gentiment :

– Faudrait peut-être bien que tu redescendes, maintenant.

– Oui, dit Svevo. J'ai envie de boire quelque chose de chaud.

Puis, après un silence, et regardant vers le camion garé au bord de la route :

– Je voulais que tu me voies là-haut en rentrant, dit-il soudain, et calmement.

Il vit son père, en bas, immobile, le visage levé vers lui, se mettre à regarder de côté pendant un bref instant, et à nouveau vers lui.

– Il n'y a plus beaucoup de jour, lui dit-il sur un ton de plaisanterie, mais je te vois bien encore, Svevo.

– Mais je ne sais pas pourquoi non plus je voulais que tu me voies.

– Là je peux pas t'aider, lui dit son père. Mais je suis content que tu en aies eu envie.

Svevo souriait dans la pénombre. Son père ajouta avec dépit :

– Et moi j'ai gueulé.

– C'est rien, dit Svevo.

Mais il le dit si faiblement que son père lança :

– Quoi ? Je t'ai pas entendu, Svevo.

– C'est pas grave que tu aies gueulé, dit Svevo très fort, gueulant presque pour imiter le ton de son père lorsqu'il l'avait aperçu sur le toit, en montant le chemin.

– Merci. Et ne l'emmène pas avec toi, ça ! lui demanda son père, reprenant le ton de la plaisanterie.

– Non, dit Svevo.

Ils se taisaient tous les deux. Par contraste avec la nuit, les lumières de la maison et de la véranda éclairaient bien la cour maintenant. Toute la partie perpendiculaire à la maison se trouvait dans une clarté jaune et nette. Cette clarté s'amenuisait en s'en allant sur les côtés. Elle parvenait malgré tout jusqu'au bateau, mais si faiblement, qu'elle ne formait nulle ombre et ne révélait pas les couleurs de la coque et des plats-bords. Tandis que de la vallée s'élevaient les bruits confus du soir, encore plus difficiles à identifier que ceux de la journée. Svevo regardait la lumière en bas, éclairant le devant de la maison, et il lui semblait qu'il oubliait quelque chose. Ah oui, se dit-il dans la seconde qui suivit, c'est cette histoire de vent sur les collines, je l'avais oubliée. Mais je vais pas lui dire, non. Je crois pas que ce soit une bonne idée. Ou peut-être que si, songea-t-il ensuite. Pourquoi pas dans le fond ?

– Il fait nuit maintenant, lui dit son père. Fais bien attention à toi en redescendant. Tâche de bien t'aplatir sur l'échelle.

– On va couvrir le bateau dans le noir, dit Svevo avec regret. C'est de ma faute.

– C'est pas de ta faute. Ça nous prendra plus de temps, mais on le fera soigneusement quand même.

– On le fera aussi bien qu'en plein jour, promit Svevo.

– Oui, dit son père, on l'a déjà fait.

Là-dessus il tapa plusieurs fois doucement sur l'arrière du bateau, puis commença de s'en éloigner. Il s'avança en cherchant quelque chose dans la poche de son pantalon. Lorsqu'il passa dans la partie éclairée de la cour, il leva légèrement la main et fit tinter les clefs du camion.

– Je vais tout de suite aller le mettre dans la descente, dit-il. Je vais gagner nos dix minutes pour demain matin.

Il sortit de la partie éclairée de la cour, et descendit le chemin dans l'obscurité, en direction de la route.

L'endroit était ainsi aménagé, qu'il n'avait pas la possibilité de faire demi-tour ici, sur la route, elle était trop étroite. Il lui fallait la remonter sur presque un kilomètre jusqu'à une plate-forme creusée dans la colline, afin d'y manœuvrer. Il traversa la route et passa derrière le camion.

Svevo ne le vit pas ouvrir la portière et monter à l'intérieur. Il entendit la portière claquer, et l'instant d'après, il entendit le démarreur enclencher le moteur. Il partit du premier coup. Les phares s'allumèrent. Les fumées d'échappement traversèrent la route. Le camion recula un peu et, juste au moment de repartir et d'entamer la montée, le moteur cala. Les phares s'éteignirent, et le moteur ronfla à nouveau. Le camion reprit la montée, et une vingtaine de mètres plus haut, les feux se rallumèrent.

Le camion s'éloigna en bringuebalant au milieu de la route. Rapidement il se déporta sur le côté afin d'amorcer le premier virage. Les faisceaux des phares éclairèrent les sapins sur la colline. Il y avait du givre sur les sapins. Il devait y en avoir sur chaque aiguille de chaque sapin. Toute la forêt semblait prise par le givre. Dans la lumière des phares, elle avait l'air faite de glace et de hauts troncs morts.

Le camion montait et s'éloignait. Il y avait une demi-douzaine de virages pour monter jusqu'à la plate-forme. La lumière des phares éclairait tour à tour le flanc de la colline et la forêt de sapins, et de l'autre côté, le talus.

Puis le camion atteignit la plate-forme, et à un moment, pendant qu'il manœuvrait là-haut, la lumière disparut, comme si les phares s'étaient éteints d'un seul coup, et Svevo n'entendit plus le moteur. Tout retomba dans la nuit, là-haut, tout redevint sans bruit et sans clarté.

Soudain, les phares éclairèrent le ciel depuis la plate-forme, et le bruit du moteur descendit le flanc de la colline. Svevo desserra ses mains d'entre ses jambes, empoigna la faîtière et, à tâtons, dans le noir, il chercha l'échelle derrière lui.

Là-haut, dans la cabine du camion, son père avait commencé à prier. Il n'avait jamais cru en Dieu. Ce soir non plus il n'y croyait pas, et c'était, de toute sa vie, la seconde fois qu'il priait. La première fois remontait à un passé révolu. Il avait prié pendant que son père le cognait. Il avait prié pour que ça s'arrête. C'est tout ce qu'il Lui avait demandé. Mais ça n'avait pas marché, et longtemps par la suite, il avait eu honte de Lui avoir demandé quelque chose. Ce soir, tandis qu'il redescendait la route, et apercevait du monde seulement ce que ses phares en éclairaient, sa prière consistait à Lui demander que ce soit un geai, l'oiseau qui s'était posé sur le toit.

Table

Du même auteur

Le Secret du funambule
Milan, 1989

Le Bruit du vent
Gallimard Jeunesse, 1991
et « Folio Junior », n° 1284

La Lumière volée
Gallimard Jeunesse, 1993
et « Folio Junior », n° 1234

Le Jour de la cavalerie
Seuil Jeunesse, 1995
et « Points », n° P 1053

L'Arbre
Seuil Jeunesse, 1996

Vie de sable
Seuil Jeunesse, 1998

Une rivière verte et silencieuse
Seuil, 1999
et « Points », n° P 840

La Dernière Neige
Seuil, 2000
et « Points », n° P 942

La Beauté des loutres
Seuil, 2002
et « Points », n° P 1261

Quatre Soldats
Seuil, 2003
et « Points », n° P 1216

Hommes sans mère
Seuil, 2004
et « Points », n° P 1337

Le Voyage d'Eladio
Seuil, 2005

RÉALISATION : PAO ÉDITIONS DU SEUIL
IMPRESSION : S.N. FIRMIN-DIDOT AU MESNIL-SUR-L'ESTRÉE
DÉPÔT LÉGAL : AVRIL 2006. N° 82703 (78875)
IMPRIMÉ EN FRANCE